COLLECTION FOLIO

Hervé Jaouen

L'adieu aux îles

Gallimard

Cet ouvrage a été précédemment publié
aux Éditions Mazarine en 1986.

Hervé Jaouen est né à Quimper en 1946 et commence à publier à la fin des années 70, dans la mouvance « néopolar ». Très vite reconnu comme l'un des maîtres du roman noir français, il s'aventure jusqu'aux limites du genre et, sans le renier, en saute les frontières pour donner à lire aujourd'hui une œuvre variée, riche d'une vingtaine de romans, de notes de voyage et de livres pour la jeunesse.

à Germaine K.
et à Germaine T.

L'homme de l'administration est venu me chercher dans l'amphi. Sur sa face plate, le masque de componction des estafettes de la mort.

Tandis qu'il trottinait derrière moi le long du couloir qui sentait la poussière d'été, ses lèvres de poupée qui parle ont bredouillé votre femme c'est grave, enfin je crois, excusez-moi, le téléphone est là.

Et la secrétaire le portait aussi, ce masque breveté pompes funèbres, fatales nouvelles, faut compatir, si possible avoir l'air, et moi j'avais envie de les mordre parce que je crevais de peur, il était cinq heures, notre petite Charlotte sortait de l'école à moins le quart, Louisa me faisait appeler en plein cours, je me suis dit c'est comme ça qu'une vie bascule, une fin d'après-midi banale, un coup de fil, accident, et voilà, tout est foutu.

Je leur en voulais, aux deux stratifs, de me regarder par en dessous, de guetter ma voix brisée, mes cernes creusés, les perles de sueur froide sur mon front comme des boutons ou des gouttes de gomme arabique, oui ça y était, j'étais le troisième larron masqué, je m'allongeais sur un lit de bitume fumant et j'attendais le rouleau compresseur qui m'écraserait les traits.

Quand Louisa m'a dit Will, oh mon Will il est arrivé un grand malheur, j'ai eu l'impression d'entendre pour la première fois ce mot malheur, emphatique malheur, sombre malheur, et ça résonne un mot comme celui-là, malheur malheur malheur, c'était le bourdon qui couvrait les clarines, il est arrivé un grand malheur, qu'entends-je ? mais Louisa ne parle jamais ainsi sauf lorsqu'elle invente des contes de fée pour Charlotte qui bat des paupières dans le cadre ovale, lisse et brossé de ses cheveux blonds sur l'oreiller couleur framboise.

Fallait-il qu'elle fût troublée, Louisa, elle a crié WILL TANTE MARJORIE EST MORTE, ce n'était donc pas Charlotte, mais tante Marjorie c'était tellement incroyable, tellement injuste que j'ai dit pourquoi ? puis ce n'est pas possible, SI ! MAIS SI !

Sanglot. Hoquet. Elle s'est calmée, Louisa, et elle m'a dit ne viens pas tout de suite, c'est trop moche, tu n'as pas besoin de voir ça, pas toi, surtout pas toi, sous-entendu toi qui aimais tant ta tante Marjorie et qui maintenant va haïr celui qui l'a tuée.

L'Oncle.

Pas oncle quelque chose, l'Oncle pour qui l'article défini valait la particule.

Bouffée de haine, bouffée de fièvre, il faut nourrir ta fièvre, mots entendus dans mon lit d'enfant, tintement d'une cuiller contre le bol de bouillon de bœuf que touille la main d'une grand-mère, et l'affirmation inverse de ma mère, non, non, la fièvre nourrit.

La haine nourrit.

Oh oui Louisa, ce n'est pas bien, mais laisse-moi : je vais la gaver comme une oie et puis lui tordre le cou.

Je dois parler de Marjorie, et comment parler d'elle sans parler de lui ?

Lui, l'Oncle qui jetait de la poudre aux yeux, pauvre poudre de cuivre oxydée par les larmes acides du regret.

Vert-de-gris des mauvais sentiments : c'est décidé, je gratte au couteau ce mica épais sur mes pupilles. Apparaissent d'abord des traits, barreaux de lumière qui laissent peu à peu filtrer le jour de la vérité.

J'ai aujourd'hui quarante ans, c'est-à-dire l'âge qu'avait tante Marjorie quand je l'ai connue, le jour où Louisa et moi nous nous sommes mariés. Nous avions vingt ans. J'ai aimé tante Marjorie pendant dix ans et je l'ai pleurée pendant dix autres années.

Le procès de l'Oncle a duré une décennie.

Il aura fallu le témoignage de mon propre bonheur de vieillir pour mesurer l'injustice de la chute de tante Marjorie et établir la culpabilité de son assassin.

Je veux écrire l'histoire de Marjorie Beck.

Je voudrais qu'elle me pardonne de n'avoir pas su l'aider.

À travers les facettes noires de l'homme-prisme, je projette l'éclat de la femme aveuglée.

J'ouvre l'herbier de ma mémoire.

Les premières feuilles sont celles du ficus que les soins attentifs de tante Marjorie avaient poussé au gigantisme. Il les avait suivis dans tous leurs déménagements. On ne se rappelait plus son âge. Il n'était plus en pot mais dans un tonnelet verni posé sur un plat en faïence dans l'angle opposé à la porte-fenêtre du living. Ficelé à une perche solide, il s'élevait à toucher le plafond qu'il longeait pour venir s'enrouler comme une vigne sur la tringle à rideaux. Une fois par semaine, sur chacune des feuilles, tante Marjorie passait un chiffon trempé dans de la bière.

J'ai hoché la tête en direction des nécrophiles (quelques voisins et, déjà, venus du nord du département, le frère et la belle-sœur de l'Oncle, Paul l'architecte et sa femme Odette), et j'ai pensé que ce plant ne survivrait pas à tante Marjorie.

Dans la soirée, d'ailleurs, l'Oncle l'exécuterait d'une phrase :

— Demain, je commencerai par virer cette balançoire à ouistitis… Ça bouffe toute la lumière…

Sacrilège.

L'infidèle…

Louisa se trouvait dans la chambre avec l'Oncle et une bonne sœur. Je n'ai pas vu tout de suite le médecin. Penché sur la table de nuit, il signait des papiers — le permis d'inhumer. Un inspecteur de police prenait congé.

J'ai soutenu le regard de l'Oncle.

Il m'a dit :

— Ah William, mon pauvre p'tit gars…

Il a eu une quinte de toux. Il avait dû fumer un paquet de Gauloises depuis… depuis cinq heures.

Se sentait-il coupable ? Il a baissé les yeux.

C'est à ce moment précis que ma haine est née, qu'elle a été expulsée, que j'ai mis bas. Des mois qu'elle fermentait, qu'elle enflait, encore informe. Et puis, soudain, dans le berceau de ma tête, le monstre noir a poussé ses premiers vagissements.

Louisa m'a pris la main.

À mon interrogation muette, elle a répondu :

— Charlotte est chez mamie… Elle est choquée… J'ai peur qu'elle n'arrive pas à oublier…

L'école de Charlotte était à deux pas de la maison de tante Marjorie et celle de sa mamie — Virginie, la mère de Louisa — à dix minutes de là. Mais elle s'arrêtait toujours chez tante Marjorie où nous venions la chercher. Elles s'amusaient comme des folles, la petite fille de six ans et celle de cinquante. Tante Marjorie passait ses après-midi à préparer le goûter de Charlotte. Elle cuisait des *buns* et des tartes, elle cousait des habits de poupées, elle cherchait dans ses vieux livres de lecture des histoires nouvelles.

Ce soir-là, Charlotte avait posé son cartable sur la table de la cuisine. Le couvert du goûter n'était pas mis. Pas de gâteau dans le four, aucun parfum de chocolat crémeux et le livre d'histoires n'était pas ouvert.

Charlotte avait appelé. Elle avait cherché. Sa tante Marjorie était dans la salle de bains. Morte.

Le décès, avait dit le médecin, remontait aux environs de quatorze heures.

Charlotte avait couru chez le boulanger. Le reste était banal : médecin, pompiers, police.

Je n'ai pas regardé tante Marjorie. Je ne voulais pas la voir sur son lit de mort.

Dans ce pavillon mal foutu, un plan type des années cinquante pour cité ouvrière, toutes les pièces étaient distribuées à partir de la cuisine, symbole architectural de la femme au foyer, enchaînée à ses fourneaux et qui devait pouvoir, d'un seul regard, surveiller un marmot sous la douche et les autres dans les chambres et en quelques pas aller chercher le charbon à la cave, les légumes au cellier, étendre le linge au jardin et guetter les averses.

Et s'écrouler, claquée, sur le lit conjugal.

Tante Marjorie détestait cette maison. Je parlerai des maisons qu'elle n'a pas eues.

J'avais envie de vomir. On m'a pincé le bras. C'était Odette, la belle-sœur de tante Marjorie, son visage de garce, sa voix de faux jeton, ses yeux jaune-vert.

— Ah William, votre pauvre tante!... Vous étiez tout pour elle!...

Peut-être. Elle était tout pour ceux qui l'aimaient. Et rien pour les cons.

— Louisa a été merveilleuse, je n'en reviens pas. La religieuse n'a pratiquement rien eu à faire. Louisa a voulu s'occuper de sa tante. Ce n'est pourtant pas drôle, la toilette d'une morte...

De la cuisine je voyais dans la chambre la tache blanche du visage de tante Marjorie et Louisa qui caressait le front glacé, du bout des doigts.

Louisa me surprendra jusqu'à mon dernier jour. J'avais épousé une fille romantique, un peu lunaire, et que je comparais à un pastel vivant : sa voix égale, sa peau très claire qu'elle avait héritée de sa grand-mère anglaise, ses mains graciles, ses gestes légers, ses robes à fleurs, ses rubans dans les cheveux, tout en elle était douceur et bonheur des sens. Mais cette rêveuse savait aussi descendre de ses nuages d'aquatinte. Les cheveux au vent, elle conduisait vite et bien notre petite décapotable. Les affaires courantes l'emmerdaient. Elle les expédiait, puis remontait dans sa bulle. Où elle lisait. En présence de livres elle était prise d'une véritable boulimie.

— Surtout dans ces conditions…

— Pardon ?

La belle-sœur me tenait toujours le crachoir.

— Je disais…

— Que voulez-vous dire par « dans ces conditions » ?

— Ah, vous ne savez pas ? Louisa ne vous a pas dit ? Ah mon pauvre William !…

Tante Marjorie avait été trahie par son corps. Louisa avait dû doucher le cadavre.

Je me souviens de notre mariage. En ce temps-là, dans les années soixante, il était encore possible de jouer franc-jeu avec les curés. Je lui avais dit, au recteur de notre paroisse :

— Nous sommes des mécréants. La famille veut que l'on passe à l'église. Nous n'y voyons aucun inconvénient. Cependant, considérez que nous ferons partie du décor, au même titre que les grandes orgues. Nous serons passifs et respectueux, mais ne nous demandez rien de plus : ni confession, ni communion, ni profession de foi. Si vous ne voulez pas nous marier dans ces conditions, nous ne vous en voudrons pas.

Il avait réfléchi.

— Votre franchise me plaît. Je marie des tas de gens dans le mensonge, sans qu'ils aient le courage de me jeter au visage, ainsi que vous le faites, la vérité. Dans votre attitude, je vois... l'œuvre de Dieu. Je vous marierai et je prierai pour vous.

— *Why not ?* avait dit Louisa.

Provocation — étonnante de sa part — ou expression involontaire du trouble d'une jeune fille bilingue ?

— Pardon ?

— Pourquoi pas... Et Dieu reconnaîtra les siens, n'est-ce pas ?

— J'en suis persuadé. Et ceux qui le nient seront peut-être parmi les premiers reconnus.

Tante Marjorie avait bien dû me faire la bise, à la mairie, ou à la sortie de l'église, mais je n'en ai pas gardé le souvenir. De ce jour-là me reste une seule image, celle d'une belle femme — de nouveau l'évidence qu'elle avait l'âge de Louisa aujourd'hui, et Louisa n'a jamais été aussi belle — en robe bleu clair, courte et bouffant à la taille sous une large ceinture à boucle dorée, la cheville cambrée par des talons aiguilles. Une femme en robe bleue qui valsait avec son mari — l'Oncle — les cheveux blonds libres et brillants, le dos souple, les reins creusés, les jambes presque immobiles.

Ils formaient ce que l'on nomme par convention un beau couple. Ils étaient le centre d'attraction, le spectacle du bal. À regarder des gens danser, j'ai rarement ressenti avec une telle intensité le sentiment de l'union parfaite de deux corps complémentaires, naturellement attentifs aux vibrations et aux désirs de l'autre, deux corps dont la danse montre qu'ils jouissent à l'unisson.

Tante Marjorie portait un ras du cou en or auquel pendait un médaillon, également en or.

Il est dans le creux de ma main. Il est de la taille d'un louis et plus mince qu'une pièce de monnaie. Il n'est pas décoré d'une fleur gravée. Les deux faces sont nues comme le dos d'une montre. On ne peut distinguer l'envers de l'endroit. Ouvert, le bijou évoque un coquillage. À l'intérieur, contre chaque face, découpée en rond et tenue par une bague plate, une photo. Grand-père et grand-mère. Les grands-parents de Louisa. Les parents de Marjorie.

Grand-père porte une chemise claire et une cravate sombre, sans doute noire. Ses cheveux et ses épais sourcils sont déjà blancs. Il est éclairé de trois quarts si bien que ses yeux sont deux taches d'ombre, deux demi-ovales symétriques à l'arc des sourcils. On dirait des lunettes de star.

Le visage de grand-mère est étroit, avec ce menton bien rond, très légèrement en galoche (le mot est trop fort) que l'on connaît aux Anglaises. Ses cheveux sont ondulés. On l'a photographiée près d'un bouquet de fleurs qui semblent être des iris. Elle tient Louisa sur ses genoux, en robe de baptême.

Tante Marjorie valsait et ce médaillon ne bougeait pas. On aurait dit une de ces grosses perles, ou un de ces tatouages que l'on voit au front des princesses hindoues.

Est-ce Flo, la fille de tante Marjorie, qui l'a donné à sa cousine ou Louisa qui l'a pris d'autorité ? Je voudrais qu'elle l'eût volé au cou de la morte. Toujours ça que les autres n'auront pas.

Les autres, je les exécuterai le moment venu.

Un saxo, un accordéon, une guitare : l'orchestre était minable. Un répertoire taillé sur mesure. Tiens voilà du boudin... En passant par la Lorraine avec mes sabots... Quand elle était p'tite le soir elle allait... Pom-pom-pom, tsouin-tsouin !...

J'étais, je suis un médiocre danseur. Tante Marjorie m'apprenait le paso doble et je tenais dans mes bras le portrait de Louisa vingt ans plus tard. À la fin de la danse, le front humide et l'œil amusé, elle m'a tenu à bout de bras.

— Oh William (elle commençait toutes ses phrases par ce « oh ! » qui tour à tour exprimera la surprise, l'effarement, la timidité transgressée et, le plus fréquemment, la joie d'éprouver de la joie et d'oser le dire), oh, William, je n'en reviens pas ! Je croyais que ma nièce passait ses jours et ses nuits le nez dans ses bouquins, mais il faut croire qu'elle a réussi à s'en échapper une heure ou deux, le temps de vous mettre le grappin dessus...

Louisa a fait semblant de nous surprendre.

— Alors, les amoureux ?

— Oh, surveille-le bien, ton mari, sinon...

— Sinon ?

— Oh, Louisa, je me le garde !

Elle nous a pris tous deux par le cou.

— Oh venez que je vous embrasse, vous êtes si mignons, vous deux...

L'Oncle nous a séparés.

— Laisse donc ces tourtereaux roucouler ensemble... Ils n'ont pas besoin d'une vieille peau pour leur tenir la chandelle...

— Oh William, vous avez vu comment il traite votre tante ?... Vieille peau, vieille peau toi-même !... Tu as vu les valises que tu as sous les yeux ?

— Les valoches de l'amour, ma belle, mon petit bagage de nuit...

Il l'a entraînée dans un tango qui a ravi la foule des paysans — la famille, de mon côté.

Dans la soirée, Flo, notre cousine, la fille unique de tante Marjorie et de l'Oncle, est arrivée, de Quiberon, je crois, où elle vivait depuis quelques mois avec un type qui menait grand train, roulait voiture de sport et possédait un yacht. Le beau gosse a fait rugir le moteur de sa Porsche en freinant sec sur les graviers de l'allée. Par la fenêtre du salon, j'ai vu descendre Flo. Son mec est resté au volant, fumer une cigarette. Il la tenait entre la troisième phalange de l'index et du majeur, dans le fond de la fourche, tirait dessus comme à travers un bâillon, menton dans la paume, puis ouvrait la bouche et laissait s'échapper la fumée en claquant la langue, superbe de mépris étudié dans le rétroviseur extérieur. Il trempait dans des affaires louches — ou du moins auxquelles Flo ne comprenait rien et qui avaient quelque rapport avec l'immobilier de loisir, dans le Midi.

Flo est une grande brune aux formes pleines, folle de son corps, de sa peau, de son cul. Elle possède une garde-robe de vedette de cinéma. Elle aime vivre dans l'aisance, sans souci du lendemain. Ce n'est pas une fille entretenue. Elle ne vend pas ses charmes, elle les échange. Mais pas contre n'importe quoi à n'importe qui. J'ai très peu fréquenté ses types. Il est arrivé qu'elle en amène un ou deux à la maison, quand elle sent chez eux un peu plus d'intelligence que d'ordinaire et une aptitude à trouver des sujets de conversation autres que les avantages comparés des clubs au soleil. Ils n'étaient pas tous idiots mais tous plus âgés qu'elle. Elle avait battu son propre record avec un vieil industriel déchu de plus de soixante-dix ans. La courbe de sa fortune démontrait à la perfection l'aphorisme économique selon lequel la première génération lance l'affaire, la deuxième la développe et la troisième croque le capital. Il appartenait à la dernière catégorie. Il croquait. Flo me l'avait *montré* au milieu de la foule caquetante d'un cocktail auquel j'avais été invité, un quelconque ruban à couper. Flo m'avait embrassé, enfin je l'avais embrassée car elle se contentait de tendre la joue, la tête de travers, et l'on pouvait croire que le baiser se donnerait sur l'oreille, mais au bon moment elle tournait brusquement la tête et mes lèvres effleuraient le coin de sa bouche. Après cela, elle baissait les yeux et les relevait vivement, vaguement fautive.

— William, tu l'as vu ?

— Qui ?

— Lui, hé ben lui, quoi, mon dernier… Il est vieux, hein ? William, dis-moi qu'il est vieux !

— Bien conservé…

— William, c'est terrible, je n'aime que les vieux. Comment tu expliques ça, toi ?…

Flo la tornade. Même dans la maison de sa mère, un jour de deuil, il lui fallait solliciter, bousculer, s'extasier, râler.

Elle a embrassé Louisa.

— Ma pauvre petite cousine…

Louisa sera toujours sa petite cousine, entre deux évidences répétées :

— Tu es intelligente, toi…

L'Oncle a jeté un coup d'œil par la fenêtre.

— Une Porsche, putain, l'est pas fauché, çui-là. Encore un qui a la queue plaquée or…

Flo n'a pas entendu, heureusement. Elle était agenouillée près de sa mère. Elle a tourné la tête.

— Oh, ma petite cousine, c'est toi qui l'as arrangée ?… Comme tu as bien fait de lui mettre sa robe bleue…

Elle est revenue dans la cuisine, m'a pris le bras.

— Ma pauvre petite maman, comme son visage est reposé…

— Pas comme ton cul, a dit l'Oncle, il arrête pas d'être ramoné.

— Toi !… Oh, toi !…

À moi :

— Je peux dormir chez vous ce soir ? Oh, Will, tu crois qu'on devrait la veiller ? Je ne pourrai pas supporter ça… Pourtant, on ne peut pas la laisser toute seule, ma petite maman…

— Je resterai, a dit Louisa.

— Faudrait repasser ma chemise blanche, pour demain, a dit l'Oncle.

— Demain ? a dit Flo.

— L'enterrement, quoi ! a dit l'Oncle. Faudra bien l'enterrer, ta mère !…

— Parle pas comme ça de maman !

— Et ta gravure de mode, il va poireauter longtemps à côté des fraisiers ?

— Tu n'es qu'un salaud ! a crié Flo.

— Voyons, a dit Odette.

Paul, son mari, s'était isolé dans sa tour d'ivoire. Les deux frères se détestaient.

J'ai dit que je m'occuperais des formalités.

— Pour le cimetière, y a pas de problème, y a de la place dans la tombe. On la mettra sur ma mère.

— Sur ta mère ? a dit Virginie.

— Ben quoi, y a pas le temps de faire autrement. On verra plus tard à lui trouver une place ailleurs…

Personne n'a protesté. Il avait signé son dernier ukase. Jusque-là il avait vassalisé sa famille, ses potes, ses putes. Dès le surlendemain, il plierait les genoux sous le poids de notre haine.

L'Oncle.

J'ai fait réellement sa connaissance au cours de l'été qui a suivi notre mariage. Le jour de nos noces ne compte pas. Sous le regard froid, qu'ils tentaient en vain d'adoucir, de grand-père et de grand-mère qui découvraient la bêtise d'une noce populaire, nous avions sacrifié à la tradition dans le tourbillon de mannequins agités et bruyants, de visages avinés, de mécaniques cent fois remontées, d'haleines rances et de parfums bon marché qui avaient tourné au creux des aisselles nues des filles surexcitées.

Reste, dans ce filé de couleurs et de cris bavés, isolée, bien nette, l'image de tante Marjorie dans sa robe bleue, valsant.

J'arrive au temps de la splendeur de l'Oncle. Le paon faisait la roue. Roues à rayons du cabriolet 404 au volant duquel il a débarqué chez Virginie, un soir de juillet. Bel objet. Blanc immaculé. Sièges en cuir noir. Porte-bagages chromé sur la malle.

Il a ôté ses gants de conduite, s'est recoiffé cheveux en arrière, raie tracée au cordeau, brillance de la lotion bleutée qui modérait sa peur de devenir chauve. Le veston de son costume en toile légère était impeccablement plié sur la banquette arrière. Tante Marjorie, défroissant sa robe, le lui a tendu. Il portait sa chemise blanche, éternelle chemise blanche, et sa cravate bleu marine à l'insigne d'un régiment anglais.

Caricature.

Comment ai-je pu marcher ? Courir ?

— Oh ne bougez plus ! a dit tante Marjorie.

Louisa m'avait pris par la taille. Sa tempe sur mon épaule.

— Oh qu'ils sont mignons !...

Mignons, elle le disait avec la voix d'une petite fille qui écrase son nez contre la vitrine qui la sépare des jouets de Noël.

L'Oncle lui a claqué les fesses.

— Rêve pas, c'est fini ma vieille...

Embrassades. Virginie intimidée. L'Oncle lui faisait cet effet, et dix ans plus tard sa haine rentrée m'effraierait encore plus que la mienne. L'aînée des deux sœurs — Virginie et Marjorie, à elle seule cette association de prénoms signifiait amour et bonheur — n'élevait jamais la voix, ne se plaignait jamais de quoi que ce soit. Pourtant, elle saurait aussi goûter, tourner et retourner sur et sous sa langue le fiel des mauvais sentiments.

Avant de les cracher.

Nous habitions provisoirement chez Virginie. Provisoirement, c'était le mot qu'avait employé Louisa. Mais nous savions tous trois que ce provisoire durerait parce que chacun d'entre nous le désirait. La maison était bien trop grande, Virginie était discrète et Louisa ne quittait pas son enfance.

L'Oncle m'a serré la main.

— Alors p'tit gars, ça n'a pas été trop dur ?

Trop dur, il salissait tout, trop dur ? ben quoi la nuit de noces méfie-toi les bonnes femmes c'est des vraies pompeuses de santé, tu gâches tout a dit tante Marjorie, moi ça me fait plaisir de les voir mes petits amoureux fous, l'amour c'est une histoire de tenon et mortaise pas plus compliqué que ça t'ajuste au micron ça rentre ça sort ça fait ressort, tante Marjorie m'a tenu longtemps dans ses bras, ne t'inquiète pas Will on ne le changera pas oh Louisa décidément je n'en reviens pas, Flo n'est pas venue ? a dit Virginie, ma garce de fille a changé de fils à papa elle croit qu'en leur faisant bouffer ses culottes ils lui fileront la bague au doigt, Virginie a dit elle se mariera bien un jour comme les autres, m'étonnerait elle aime trop les coups de lime et les limeurs ça manque pas quand t'as limé jusqu'à l'usure tu balances la pièce, tu en sais quelque chose toi ? a dit tante Marjorie, jalouse ma grande ? il l'a caressée sous sa robe et elle s'est dégagée en riant, du bon matériel ça tu verras Will après la période de rodage c'est divin et quand elles ont eu leur premier mouflet elles s'éclatent l'emmerdement c'est que t'es obligé d'attendre qu'elles se déclarent faut autant de patience qu'avec un chien d'arrêt alors prends des maîtresses c'est l'expérience qui parle p'tit gars, tante Marjorie lui a passé la main dans les cheveux, eh bien fais-la taire un peu ton expérience mon neveu est pur comme un communiant, ho ! ho ! ho ! les communiants ils s'amusent avec leur cierge, tu es répugnant a dit Louisa, Virginie a renoué son tablier et a dit mon gigot va être trop cuit, ho ! ho ! ho ! ma Ninie ma Ninon on a mis un gigot au four pour son beau-frère ? il lui a caressé les fesses et Virginie a piqué un fard, j'ai dit belle bagnole et il m'a tendu les clés, allez faire un tour les p'tits coquins, tante Marjorie lui a touché le front, il est malade ? une grosse fièvre ? non eh bien William tu peux dire que tu as de la chance l'empereur qui prête son char moi j'ai à peine le droit d'y toucher et encore avec une peau de chamois, hé ben qu'est-ce que t'attends Will vas-y ça te changera de ta deuche, deux kilomètres dans le quartier, nervosité de l'injection, silence, volant rigolo, presque à plat, et le cercle chromé du klaxon à l'intérieur, et le lion Peugeot au milieu, autre médaillon, retour en fanfare, Virginie avait changé de tablier, un blanc brodé, l'apéritif était servi, ho ! il était temps j'ai plus de cigarettes Marje va donc me chercher un paquet neuf dans la chignole, j'y vais a dit Louisa en pensant quel sale type et ses yeux me prévenaient arrête de baver devant lui ça m'énerve, dis donc Marje faudra que tu profites des vacances pour passer de l'huile sur les rayons des roues c'est dingue y a rien de plus fragile que les rayons ça rouille pour un oui pour un non, les vacances au camping que tante Marjorie appelait le stalag 29, vingt-neuf numéro du département, l'Oncle installait la caravane, sortait son canot breton du chantier d'hivernage, et route pêche les p'tits cocos ! il avait mouillé un corps mort devant la plage, tante Marjorie arrivait début juillet et elle y était seule et tranquille pendant quatre à cinq semaines, l'Oncle était cadre dans une entreprise rennaise qui fermait en août, et en juillet il venait au camping les week-ends, je te raconte pas Will une superbe minette en minijupe à la sortie de Loudéac une vraie brioche au beurre avec la levure qui avait monté dans les lolos et un cul mon p'tit gars et des yeux tu t'y voyais déjà dedans avec elle en train de te brouter la tige je lui dis alors mignonne on fait du stop on a pas peur d'être violée ? et tu sais ce qu'elle me répond ? tu devineras jamais ho ! ho ! ho ! y a que celles qui se laissent pas faire qui se font violer ! et alors a dit tante Marjorie elle s'est laissé faire ? qu'est-ce que tu crois ? je l'ai virée c'est avec les pisseuses qu'on attrape des maladies elles se lavent pas le cul...

Louisa n'aimera pas ces pages. Elle est fleur bleue pour tout ce qui touche aux sentiments et quant à l'écriture, son agrégation de lettres modernes la paralyse.

Je le sais, j'ai trouvé un cahier d'écolier, début d'un roman qu'elle ne finira jamais.

Je l'imagine tournant et retournant la seule phrase achevée sur le gril de sa culture…

Elle était gaie comme un pinson et je brode sur son linceul ces mots d'amour : la navette de ses rires se faufilait entre les rayons de soleil qu'elle avait dans les yeux et les paillettes d'or enluminaient l'accroc dans le souvenir et ravaudaient les filets profonds du désespoir.

Louisa a fait joli. Mais non, il faut se laisser aller et par exemple, concernant l'Oncle, ouvrir un dictionnaire et lire, ravi :

Salaud. Personne méprisable, moralement répugnante (répugnant, tu l'as dit, Louisa). V. dégueulasse, fumier, salopard, salope.

Crapule. Ceux qui ont des mœurs dissolues et malhonnêtes.

Ordure. Toute matière qui souille et répugne. Et encore : excrément, choses de rebut dont on se débarrasse.

Salaud, crapule, ordure, le crescendo, sa vie en trois parties, sa trilogie qualificative, ses trois substantifs attributs.

Je veux te plaire, Louisa. Et je comparerai donc les yeux et les mains de tante Marjorie à la pierre philosophale. Le modeste vase gagné à la loterie de la kermesse des écoles, rempli de myosotis et posé sur le guéridon en acajou, devenait sujet d'inspiration. Recouverts par ses soins d'un coton imprimé — un coupon acheté en solde — les fauteuils et le canapé démodés accrochaient le regard. Personne ne s'inquiétait que les tapis fussent râpés : comment aurait-on baissé les yeux alors qu'elle passait, elle, tante Marjorie, de la fenêtre du salon, où elle s'extasiait sur le pommier en fleur, à la cuisine où un cake brunissait dans le four, pour revenir ouvrir les tiroirs du buffet anglais et prendre les ménagères dont les charnières étaient cassées, et le skaï vert usé, et mettre le couvert du five o'clock ainsi qu'elle l'avait appris, petite fille, de grand-mère et de Tantine : assiettes, soucoupes et tasses en china, cuillers et couteaux de ce service en Sheffield auquel je trouvais plus de charme qu'à la plus prétentieuse des argenteries.

C'étaient nos samedis après-midi. Charlotte avait classe le matin, elle déjeunait chez tante Marjorie et nous passions la prendre vers cinq heures.

— Oh non, déjà ! protestait-elle, mais je n'ai pas eu le temps de jouer avec ma tante Marjorie !...

Parfois Virginie nous rejoignait. Secrète Virginie.

Tante Marjorie était le centre de notre vie.

— Oh tu sais, quand je ne serai plus là, je voudrais que tu prennes tout ça, Louisa...

Tout ça : le service à thé, les ménagères, les petites cuillers en métal doré.

— Pour mon idiote de fille, ce ne sont que des vieilleries... Oh tu les prendras, n'est-ce pas Louisa ?...

— Ne parle pas comme ça, disait Virginie, à ton âge...

— Oh on ne sait jamais...

Fatalisme des grands malades. On l'avait opérée de l'estomac. Elle grignotait. Elle devait faire huit ou dix repas par jour. Elle mangeait comme un oiseau.

C'était au temps où le salon bleu et rose était une bulle qui filtrait le gris du ciel.

Bien après, les murs se sont lézardés et dans les déchirures de la tapisserie j'ai découvert des nids de cloportes.

Par tous les moyens, l'Oncle attachait tante

Marjorie à cette maison qui n'était pas la sienne. Il lui donnait de l'argent au compte-gouttes. Elle n'avait pas procuration sur leur compte-chèques postal. En début de semaine il lui remettait sa *petite enveloppe* et elle devait *faire avec*. Quand l'inflation galopait — et on la cravachait ferme, dans les années soixante-dix — des mois s'écoulaient avant qu'il n'admette que tout augmentait et que la somme, calculée au plus juste, méritait d'être revue. Quant aux achats extraordinaires (autrement dit tout ce qui ne se mangeait pas ou qui ne le concernait pas directement), ils provoquaient des conflits que tante Marjorie tuait dans l'œuf en se murant dans le silence et l'obéissance. Vêtements, objets de toilette, chaussures ? Inutiles. Par contre, la voiture, la caravane, le bateau, le fusil de chasse, la chemise blanche : indispensables.

Et puis il y avait les chiens dont le caractère épouserait étrangement la dégradation de la santé mentale de tante Marjorie, puis la déchéance du Maître.

Mais je veux aller trop vite. Je me précipite. La haine m'emporte. J'ai hâte de l'assouvir. Patience… Viendra le moment de la délivrance. Je voudrais déjà écrire les dernières lignes. Que tombe le couperet…

Tante Marjorie me racontait ses îles, Saint-Pierre, Langlade et Miquelon, les chevaux sauvages dans les mornes à Blondin, le cap Bleu, le cap aux Voleurs, le cap Coupé, l'île aux Chiens, l'île aux Vainqueurs, la passe à Henry qui sépare Saint-Pierre du Grand Colombier, île minuscule dont elle gravissait les pentes abruptes de lave figée pour aller aux graines, fillette en robe à taille basse, un ruban dans les cheveux, donnant la main à un papy haut fonctionnaire des finances qui ne quittait jamais son col dur, son nœud papillon et son gilet, même pas pour pique-niquer. Le doris de la famille se trouvait avec les autres, le long de la grave de Saint-Pierre, au bout des rails en bois sur lesquels ils glissaient, tirés ou tenus par une corde que les hommes enroulaient ou laissaient filer autour d'un cabestan. On embarquait à six ou huit, parfois dix, on franchissait le premier rouleau, un homme abaissait l'arbre de l'hélice, un autre mettait en route le moteur fixe dans son coffre au milieu de l'embarcation, Marjorie voulait tenir la barre franche trop puissante pour elle, et à la première vague prise par le travers la barre la projetait contre un oncle, ou un cousin, ou son père, oh, Will, ça pinçait la peau, il fallait la serrer tellement fort, la barre — il faisait beau, Marjorie était bras nus, ses deux mamies se tenaient bien droites, assises sur la banquette de proue, les paniers de victuailles sur les genoux. Souvent, oh Will, toujours je crois, Helen nous accompagnait. Nous étions comme deux sœurs et Virginie était jalouse. Helen était une fille splendide qui avait une carnation de Méridionale, bien que née de parents saint-pierrais. D'ailleurs, c'était une brune aux yeux noirs. Helen épouserait un marin, puis divorcerait et se remarierait avec un médecin américain. Elle vit à New York. Oh, Will, ça aurait pu être moi. Le doris accostait contre la paroi sud du Grand Colombier, un mur presque vertical. Sous l'effet de la houle, la barque n'arrêtait pas de monter et de descendre. Marjorie et Helen sautaient dans les bras des oncles, oh Will on disait toujours des oncles ou des cousins et ça devait être un peu vrai, et tandis qu'un des hommes restait en bas tenir le bateau, oh Will, oui, tenir, comme on bride un cheval qui se cabre, on gravissait la pente en suivant les failles. De là-haut, on découvrait les îlots de l'île Verte, entre Saint-Pierre et la péninsule de Burin qui, sur la carte, ressemble à la truffe d'un chien venu flairer nos terres. Et c'était là que poussaient les graines.

Oh, Will, les graines c'étaient des myrtilles et des airelles, et il y avait aussi des goules rouges et des goules noires, une espèce de framboise sauvage, et puis dans la mousse au milieu de l'herbe rase on ramassait de petits fruits minuscules qu'on appelait des cocodanis. On remplissait de pleins seaux de graines, mais pour redescendre, oh Will, c'était une autre histoire. Entre deux oncles, Helen et Marjorie rejoignaient le doris et, de retour à Saint-Pierre, les filles restaient dans la barque pendant qu'on la hissait sur la grave. Marjorie sautait dans les bras d'un cousin qui sentait bon le tabac américain. Main dans la main, Marjorie et Helen longeaient la grave et rentraient dans la belle maison du cap à l'Aigle. Souvent sur le trajet les jeunes femmes — les mères — jouaient les amoureuses et agaçaient les maris qui portaient les seaux de graines. Le lendemain on préparait des douzaines et des douzaines de pots de confitures. Et c'était aussi l'occasion de faire des tartes. On invitait des petites amies. Aux graines, oui, on y allait pendant les vacances. Elle avait oublié, il y avait d'autres graines sur le Grand Colombier. Une espèce de framboise, aussi, des plates-bières, oui, je pouvais l'écrire comme ça, elle n'avait jamais su comment ça s'écrivait. Et les doigts encore tachés du jus des graines, Marjorie et Helen jouaient à quatre mains sur le piano anglais, oh Will, un piano droit que papa avait fait venir de Montréal par le *Halifax*. En prime, il avait eu un recueil de partitions, un gros bouquin rempli d'airs américains et anglais. Oh, Will, ce piano, tu ne peux pas savoir comme je le trouvais beau. Il avait une marqueterie en ronce de noyer avec des motifs étranges : des fuchsias et des grappes de raisin. Pendant longtemps la petite fille Marjorie avait confondu le fuchsia et la vigne. Les quelques mots gravés au-dessus du clavier dans une feuille de laiton lui paraissaient très mystérieux : *Amos & Son, Norwood and Crystal Palace. Amos*, n'était-ce pas espagnol ? Argentin ? Et le *Crystal Palace*, un de ces hôtels de rêve fréquentés par des milliardaires dont les hydravions amerrissaient dans la baie de Buenos Aires ? Le piano d'une chanteuse de bastringue abandonnée par son amant — un lord chez qui la raison d'État l'avait emporté sur les sentiments et qui, après son escapade, avait rejoint à Cambridge une lady diaphane. Abandonnée au cours d'une escale du paquebot qui devait l'emmener en Europe. Abandonnée dans les glaces de Terre-Neuve, la chanteuse de l'histoire que se racontait Marjorie aurait pu mourir poitrinaire dans un bar des docks de Halifax. Sa voix rauque aurait arraché des larmes aux marins. Et les doigts poisseux des fillettes tapaient des accords approximatifs et sur leurs lèvres sucrées venaient les paroles de *My darling Clementine*, les seules paroles qu'elles connussent, *was a miner forty niner and his daughter Clementine*, oh, Will, *in a canyon.*

Le chien de la belle époque, coupé 404 situation cadre dans l'entreprise rennaise, appartement grand standing.

Il s'appelait Johnny parce que Johnnie Walker, disait l'Oncle. Il fallait rire.

Un infâme clébard, bâtard de loulou blanc et de courant de ruisseau, haut sur pattes, le poil long et une canine hypertrophiée qui dépassait de la babine comme une défense de cochon sauvage. Un clebs nerveux que tante Marjorie abreuvait en vain de sédatif en sirop, qu'il adorait, le monstre. Il sautait sur les lits, sur les fauteuils, sur les tables en gueulant d'une voix aiguë. On avait envie de le ficeler et de le bâillonner. Il avait la fâcheuse habitude, somme toute normale pour un mâle cloîtré dans un appartement et privé de la moindre odeur de femelle, de s'accrocher aux jambes en donnant des coups de reins.

À trois ans, Charlotte avait trouvé ce mot d'enfant :

— Regarde maman, Johnny pompe !

Johnny-la-pompe. L'Oncle était aux anges.

— Il est du cul pire qu'une guêpe, cet animal. Comme son maître...

Le chien tirait une langue et une quéquette longues comme ça, deux trucs rouges et luisants.

— Il est dégoûtant, ton chien, disait tante Marjorie.

— C'est pour te tenir compagnie que je l'ai pris...

— Merci bien...

L'abomination commençait à aboyer vers six heures tous les matins. L'Oncle ordonnait :

— Marjorie, va donc sortir le chien, il a envie de pisser...

Elle y allait, été comme hiver, surveiller la pissette de la bête.

— Tu lui as donné son bain ? N'oublie pas la lotion, je veux pas de puces dans l'appartement !

Elle le baignait dans la baignoire, l'essuyait et le séchait au sèche-cheveux.

— S'il pouvait crever !...

Elle avait regretté ces mots. Elle avait ajouté :

— Au fond, c'est pas de sa faute, à cette pauvre bête...

L'Oncle lui donnait des os à ronger sur le lino de la cuisine.

— Passe donc la serpillière, Marje, le chien a bouffé par terre... Et fais gaffe, merde, son riz était trop cuit, il aime pas ça...

Et puis un jour, heureusement pour tante Marjorie, Johnny avait cruellement mordu un gosse du quartier. Les parents avaient porté plainte.

— Je veux pas être emmerdé par un foutu clebs, avait sanctionné l'Oncle.

Le chien fut piqué, fourré dans un sac poubelle et déposé au bord du trottoir où il avait été conçu.

L'Oncle encadra un agrandissement du défunt sur lequel on le voyait faire le beau, l'œil triste.

Attendrissant.

— Je préfère voir la gueule de mon chien sur mon mur que la tronche de ma connasse de fille…

Elle me racontait ses hivers à Saint-Pierre, les congères de neige et grand-père qui devait, quand il était de nuit, chercher la porte de sa maison en creusant un chemin à la pelle. Avec Helen, oh Will toujours Helen, et des amis, et des parents, tu sais Will ceux qu'on appelait oncles, tantes ou cousins, l'île est si petite, on partait sur la montagne, une butte qui sépare Saint-Pierre des étangs de la Vigie et de l'étang Goéland, et tout le monde faisait du *toboggane*, oh Will on ne disait pas toboggan, de longues planches cirées à trois ou quatre places, chacun avait son coussin et malgré le coussin, ça sautait tellement qu'on avait les fesses en marmelade. Grand-père et les autres pilotes de tobogannes allaient d'abord reconnaître le parcours, gare aux cailloux, et puis on s'installait, un homme à l'avant, les enfants et les femmes au milieu et le pilote à l'arrière, on étendait les bras, comme des ailes, et papa criait : « À droite ! » et on penchait tous à droite, les moufles traçaient un sillon dans la neige, « À gauche ! », Marjorie et Helen criaient d'effroi, et grand-père s'arrangeait toujours pour qu'il y ait une espèce de tremplin à la fin de la glissade, le tobogganne s'envolait et là, oh Will je t'assure, nous avions vraiment l'air de grands oiseaux de toutes les couleurs, et je ne te dis pas les bleus qu'on avait aux fesses quand la descente se terminait sur un étang gelé, le tobogganne en perdition tourbillonnait et je crois que même les mouettes étaient épouvantées par nos cris, et leur œil était encore plus rond que d'habitude quand de là-haut elles regardaient ces longues toupies glisser comme des palets sur les miroirs glacés. Papa et maman valsaient sur les étangs gelés. Ils étaient les meilleurs patineurs de l'île. Le dimanche après-midi, ils se rendaient au ring, une patinoire couverte près du terrain de sports. Les garçons nous observaient, tu penses, avec nos jupettes, on était sexy. Oh Will, je n'ai jamais eu si froid aux pieds de ma vie. Il y avait aussi les chiens qui tiraient le traîneau du livreur de lait et les traînes à chandeliers qui servaient au transport du bois. Oh Will, les chandeliers c'étaient quatre montants aux quatre coins de la traîne. Souvent les garçons dételaient les chiens et dévalaient les rues en criant : « Gare à la carre ! » Oui, à la carre, le coin, le carrefour, sans doute. Ou la casse ?

Elle me racontait ses îles et je lui volais sa mémoire, elle me racontait les mascarades — oh Will, on ne disait pas les bals costumés — et son habit de Pierrot, ses joues poudrées, ses yeux faits et les coups de flashes sur les photographies, baguette magique de la fée du bonheur. Papa et maman appartenaient au Cercle de Joinville. Les hivers étaient longs, très longs. Chaque semaine ou presque le Cercle donnait une soirée habillée, toilette longue, gants et chaussures vernies, les parents de Marjorie mettaient leurs bottes pour quitter la maison et sur le pas de la porte les deux sœurs leur tendaient le sac avec les chaussures de bal. Elle se souvenait d'un soir, il y avait, au milieu de la salle dont le plafond bleu outremer était tapissé d'étoiles en papier doré, une immense boule de neige en carton argenté. À minuit la boule s'était fendue en deux et en était sortie une fillette en robe à paillettes qui symbolisait l'année nouvelle. Oh, Will, comme j'aurais aimé être cette petite fille. Était-ce Helen ? Non, la fille du gouverneur, ou du commissaire, ou du préfet, elle ne savait plus très bien comment on disait, dans ce temps-là. Et la mère de la fillette portait, là, sur la photo, ce chapeau extraordinaire, très kitsch, une maquette de morutier sous laquelle elle gardait la nuque raide tandis qu'elle roulait des hanches, l'orchestre jouait une rumba, dos nus des dames, robes en taffetas, amples volants et les messieurs dignes dans des spencers bleu marine.

Bien que l'école Saint-Joseph des Pères du Saint-Esprit se trouvât à proximité, il arrivait que les enfants fussent bloqués à l'intérieur, à midi, par des tempêtes de neige épouvantables. On tendait les bras devant soi et on ne voyait pas ses mains. Les sœurs nous donnaient à manger, oh Will, elles étaient pingres : une pomme et un morceau de pain sec, toujours une pomme et un morceau de pain sec, jamais deux pommes. Le soir, si la tempête ne s'était pas calmée, grand-père, avec les autres hommes, venait chercher Marjorie. Courbés contre le vent, on faisait la chaîne et on rasait en file indienne les murs en bois. La maison avait deux entrées opposées dont on se servait selon la direction du vent. Avant l'hiver, grand-père installait un tambour pour protéger les deux ouvertures. Maman et Virginie nous accueillaient. La cuisinière ronflait. Nous vivions sur une véritable mine de charbon, oh Will, la cave en était pleine, du charbon américain qui venait de Halifax. La cuisinière était le cœur de la maison : immense, à quatre foyers et deux fours et deux réservoirs d'eau, il y avait en permanence sur les cercles de fonte plusieurs bouilloires et au moins une cafetière pleine, et tout cela frémissait en parfumant la maison. Sur la barre émaillée l'on mettait les torchons à sécher et le soir on étalait le linge humide sur le dossier des sièges que l'on poussait tout contre la barre et, oh Will, c'était un peu comme si nous bordions la cuisinière pour la nuit.

Virginie, oui, elle parlait peu de Virginie. C'est qu'elle avait, oh Will, elle a sept ans de plus que moi. Elle vivait dans l'ombre de maman, elle avait terminé ses études, elle attendait un mari. Elle aurait dû aller en France ou au Canada. Elle ne voulait pas. Tu la connais, Will, elle n'a pas changé, effacée, timide, si casanière. Elle passait la plus grande partie de son temps dans sa chambre. Une grande sœur n'est ni une mère, ni une amie. Quelqu'un qu'on admire en secret, ou qu'on déteste, mais qu'on ne connaît pas.

Oh Will, papa et maman s'habillaient pour dîner. Pas en habit de soirée, ce n'est pas ce que je veux dire, mais par exemple papa changeait de cravate. Au bureau il portait des cravates sombres alors, en rentrant, il en choisissait une de couleur, plus gaie, et maman agrafait un col de dentelle sur sa robe et y épinglait une broche.

Tante Marjorie m'offrira la plus belle cravate de son père, en soie, rouge sang et peinte à la main de fleurs de lys blanches et vertes.

La table était mise par Mrs Hayes, la bonne, qui servait aussi. Tante Marjorie ne se souvenait pas du mari. Sans doute était-elle veuve, Mrs Hayes. Elle avait une grande fille, Lizzy, qui venait le lundi faire la lessive. Mrs Hayes était une Gnouf.

— Gnouf?

Gnouf était la déformation de *new*, de *New Foundland*, Terre-Neuve, en anglais. Les Gnoufs subissaient sans en être affectés le mépris des Saint-Pierrais et des Miquelonnais qui voyaient en eux des paresseux. Métis pour la plupart, ils avaient les pommettes hautes et saillantes et les yeux bridés des Indiens. Des gens rudes, des gens rustres, des gens solides qui pêchaient l'été et venaient dans les îles vendre le produit de leur pêche. Les femmes se louaient comme employées de maison, certaines restaient en hiver, mais le plus grand nombre repartaient à l'automne. Oh Will, je me souviens, ils ne vendaient même pas leur pêche. Ils se contentaient d'un troc peu favorable. Ils nous apportaient des scallops, des coquilles Saint-Jacques qu'on appelait aussi, nous les gosses, des cofishs, caufishs, cow-fishs ? oh Will, si un jour tu écris ça, écris-le comme tu veux, et des poissons bien sûr, et ils demandaient en échange un baril de mélasse, un baril de farine, ah et puis du thé, beaucoup de thé. Quand le printemps tardait à montrer le bout de son nez et que la mer les emprisonnait chez eux, ils étaient souvent à court de vivres. Combien de bébés n'avait-elle pas vus débarquer des doris, aux beaux jours, jaunes comme des petits Chinois ? La mère n'avait plus de lait, alors on les nourrissait au thé et pour des bébés qui n'avaient que quelques mois ou quelques semaines, c'était terrible. Ils étaient fichus. Très peu survivaient, malgré les soins qu'on leur donnait. Oh Will, je me rappelle un Gnouf qui vivait sur l'île, elle cherchait la photo, un retour de pêche, un record, des Français en veston et cravate et le Gnouf en question, John Thorpen, sosie de

Jack Palance qui pose près d'un flétan gigantesque. À propos des Gnoufs les gosses se racontaient des histoires à faire peur. Oh Will, je ne sais pas si c'est vrai. Mais ça devait l'être. Ces types, bâtis en hercules, travaillaient en hiver dans les forêts du Labrador. Des bûcherons redoutables. Et quand par malheur la hache dérapait, qu'ils se blessaient cruellement et qu'apparaissaient les premiers signes de la gangrène, ils s'amputaient eux-mêmes — il n'y avait pas de médecin dans ces terres perdues — et cautérisaient la plaie au moyen de copeaux d'un certain bois qui avait des vertus antiseptiques.

Après dîner, tout en écoutant la radio, grand-père reprenait de vieux mots croisés, maman brodait, Virginie lisait des romans d'amour et moi je jouais du piano. Puis Marjorie montait se coucher et s'enfonçait sous les draps. Elle écoutait le vent donner des coups de langue vifs sous les bardeaux, comme s'il cherchait là-dessous des insectes à gober, et oh Will, peut-être n'étais-je qu'une fourmi minuscule et dehors un monstrueux dragon s'apprêtait à soulever le toit, à m'aspirer au bout de sa langue de feu et à croquer ma chair juteuse entre ses dents affûtées. Elle écoutait la mer et de gros chaudrons se creusaient autour de l'île au Massacre et du fond des eaux se levait le grondement du raz de marée qui allait tout emporter. La nuit elle avait peur des ombres, du vent, de la mer, de l'armoire de laquelle sortirait le chat que l'on avait enfermé par mégarde, du mannequin corseté de fil de fer empalé sur son pied, de ses livres et de toutes les images qu'ils contenaient, et des frémissements de son corps qu'elle ne s'expliquait pas. Oh, Will, as-tu remarqué que les lits de l'enfance sont les plus doux, les plus chauds, les plus mystérieux et qu'après jamais on ne retrouve un tel enchantement ?

Marjorie avait été une petite fille de livre de lecture.

Une fois elle avait manqué se noyer, enfin, oh Will, du moins l'avait-elle cru, sur le moment. Dans le doris la famille avait traversé la passe et on avait pique-niqué sur l'île aux Chiens, près du cap à Gordon. Ils retrouvaient là un étang qu'ils avaient baptisé l'étang Beck, parce que c'était leur coin, chaque famille avait son coin, son étang, ses rochers. À feuilleter l'album-photo on se dit qu'ils passaient leur temps à pique-niquer. Évidemment, ils ne se photographiaient qu'aux beaux jours, quand la lumière était soyeuse et que les îles valaient l'Océanie. Marjorie ne se baignait pas, elle trouvait l'eau trop froide. On la voit sur les photos, assise au bord des flaques, le menton sur les genoux et les mains croisées sur les chevilles, et elle rêvait, Marjorie. Ce jour-là, ils étaient rentrés de bonne heure et la mer s'était déjà formée. Et puis, de retour à la maison, papa s'était aperçu qu'il avait perdu les clés de son bureau du Câble. Elles ne se trouvaient pas sur le doris, il ne pouvait les avoir perdues qu'autour de l'étang de l'île aux

Chiens. Il avait emmené Marjorie. Pourquoi Marjorie et pas Virginie qui avait quinze ou seize ans ? Oh Will, j'étais sa préférée, pauvre Virginie, il faut bien l'admettre. On a trouvé les clés mais quand il s'est agi de revenir, oh Will, c'était la vraie tempête. Papa prenait son service à minuit, nous devions traverser. Et au milieu de la passe le moteur est tombé en panne. Prends la barre et bout à la lame ! criait papa. Tu penses, les doris, ce ne sont pas des joujoux. La barre me chahutait, la barre me tenait, je ne tenais pas la barre. Bout à la lame ! Bout à la lame !... Oh Will, au moment où le doris allait se coucher par le travers, le moteur est reparti, papa a bondi vers moi, a saisi la barre, et je me suis assise au fond de la barque, agrippée à ses jambes. Eh bien vous en avez mis du temps ! nous a dit maman en riant. Des fenêtres de la maison la mer paraissait si calme, elle ne savait pas que sa petite fille chérie avait échappé à la mort. Oh Will, tu penses bien que j'exagère, papa savait ce qu'il faisait, ils ont tous ça dans la peau, à Saint-Pierre, la mer...

Elle ne me racontait pas ses étés calvaires, ses mois d'août chemins de croix, le camping de Mousterlin, l'Oncle qui entretenait une cour d'ivrognes, allez les gars on relève les casiers et on se rince la glotte au Ricard, Marje y a pas de glaçons ? mais qu'est-ce que tu fous de tes journées merde ? les courtisans plongent le nez dans leur verre et lisent leur avenir dans le fond, et on admire ce mec qui a su dresser sa bobonne qui sert l'apéro, la soupe et le calva sans broncher, ah çui-là quel dompteur de greluches, tu te rends compte, à part l'essence pour le canot, les lançons pour le bar et le vin rouge pour les potes, il a rien à penser, c'est bonnard les copains, disait l'Oncle, qu'est-ce qui vous empêche de les éduquer pareil, vos régulières ?

Tout doux.

Pourquoi restait-il muet face aux trois autres, ceux qui ne décollaient pas leur gros cul des chaises en toile, ceux qui prenaient pension à la table de tante Marjorie et qui n'auraient pas levé le petit doigt pour débarrasser leur assiette des déchets d'étrilles ou de dormeurs, ces crabes puants dont l'Oncle rapportait des caisses et que tante Marjorie devait cuire, à en avoir la nausée. Je les méprise, les autres, Paul l'architecte, sa femme Odette et la Vieille, la mère de l'Oncle et de Paul, la première héritière de l'entreprise — une menuiserie industrielle qui avait périclité, mais bien après qu'elle se fut constitué un solide matelas d'appartements. Louisa me disait qu'elle était riche. En tout cas, son avarice était maladive, sinon pourquoi aurait-elle attendu la fin pour commencer le partage ?

Paul l'architecte avait fait fortune au moment, et à l'occasion de la reconstruction de Lorient. Tout en poursuivant ses études, il travaillait dans une entreprise de travaux publics et les mauvaises langues affirmaient qu'il était à l'origine d'une combine portant sur le tonnage des matériaux de démolition transportés. Une histoire de camions qui sortaient chargés des chantiers, étaient pointés comme tels par un fonctionnaire peu éveillé, pénétraient de nouveau sur le chantier par un autre accès, ressortaient avec le même chargement, étaient repointés, bref une ronde grâce à laquelle les gravats étaient payés par le contribuable au prix de l'or. L'architecte avait encaissé des commissions occultes et s'était installé en plein boom du bâtiment.

Ces gens-là affichaient la plus grande impudeur et la plus grande impudence. Avec la Vieille, leur complice, ils louaient à deux pas du camping une villa des années trente dont les balcons en bois et les pelouses donnaient directement sur la plage. Alors qu'ils étaient fourrés jour et nuit chez tante Marjorie — l'Oncle leur répétait, l'imbécile, que Marjorie s'ennuyait, qu'on boufferait à la bonne franquette et plus on est de fous plus on rigole — jamais, au grand jamais, ils ne l'invitèrent dans la belle villa à colombages. Ils n'apportaient ni bouteille, ni gâteau, rien, pas ça ! Ils mettaient les pieds sous la table.

C'était insupportable.

Et ça l'était d'autant plus que pendant ces mois d'été Louisa et moi nous étions obligés de *partager* tante Marjorie. Nos visites étaient rares et elle comprenait parfaitement les raisons de notre désaffection.

L'architecte était la quintessence de tout ce que je détestais chez les notables avec lesquels j'avais quelques relations au sein de commissions extra-municipales ou d'organismes qui associaient la faculté à l'économie régionale. Imbu de sa personne, faussement érudit, caparaçonné d'étiquettes : Lion's, Centre des jeunes dirigeants, Jeune chambre économique, autant de breloques astiquées qu'il prenait bien soin de porter à la boutonnière de ses jaquettes de bourgeois en mal de notoriété.

Nous nous vîmes au cours de sept ou huit étés. Dès notre première conversation un accrochage installa la méfiance et le mépris réciproques. Il avait bien cherché la leçon que je lui donnai. Brillant d'un misérable vernis acquis dans des dîners que l'on prétend culturels ou d'affaires, et sachant par tante Marjorie que j'enseignais l'économie, il m'assena une phrase creuse lue la veille dans un de ces magazines édités à l'usage des décideurs.

Nous étions réunis sous l'auvent de la tente et nous grignotions des étrilles, encore des étrilles. L'architecte lécha ses doigts, se balança sur sa chaise, leva le menton et me dit fièrement :

— Au Céjidé, nous avons beaucoup parlé de la situation monétaire... Les gens n'ont plus confiance, surtout le petit peuple... Il y a un signe qui ne trompe pas : le mois dernier, dans les caisses d'épargne, les retraits ont été supérieurs aux dépôts. Qu'en pensez-vous ?

Pauvre mec... Je lui donnai gratis un cours magistral. Au début, il fit semblant de suivre, hochant la tête gravement, essayant de placer un mot qui tombait à contresens — que je faisais tomber à contresens avec un ineffable plaisir et une aisance que permettent les théories économiques qui autorisent à développer alternativement des raisonnements diamétralement opposés. Il me fallut pousser jusqu'à Milton Friedman et l'école monétariste de Chicago avant qu'il ne comprenne que je me payais sa tête.

Autour de la table Louisa, tante Marjorie et

même Odette avaient compris depuis longtemps et guettaient non sans inquiétude les réactions de la victime. Il encaissa dignement mais jamais plus il ne me tendit la main.

Dans les années qui suivirent nous nous saluâmes d'un « ça va ? » aussi désinvolte de sa part que de la mienne et il ne fut plus question d'économie politique.

C'est vers la fin qu'il se montra le plus odieux. Par « la fin », j'entends le dernier été que tante Marjorie passa au camping. Les affaires de l'Oncle marchaient très mal, la Vieille ne lui donnait pas un centime, ils avaient de terribles soucis d'argent et tante Marjorie faisait des miracles pour joindre les deux bouts. Les autres savaient tout cela mais ils jouaient toujours, et de plus belle, les pique-assiette, vidaient les bouteilles de muscat et de pastis sans daigner apporter un pack de bières ou une bouteille de vin. Mieux, ils détaillaient leurs gueuletons dans les restaurants chics de la côte, comparaient le homard grillé beurre frais de l'un au ragoût de homard nouvelle cuisine de l'autre.

À qui était destinée la flèche que décocha Paul ? À moi ? C'était peu probable, je n'en avais rien à foutre de son fric.

— William, vous qui connaissez très bien ces questions, je me demande si mon banquier ne me baise pas la gueule... À votre avis, quel est le taux maximum qu'on peut avoir pour un dépôt à terme de cent cinquante bâtons ?

Silence.

Silence navré que tante Marjorie a merveilleusement secoué, comme on bat un tapis.

— Eh bien mes petits chéris, je vous laisse… Je vais me baigner… Tu viens, Louisa ?… Odette, tu pourras peut-être t'occuper de la vaisselle… Pour une fois… Tu es un ange, ma poule. Et toi aussi, Paul… Je vous adore, tous les deux…

La mort de tante Marjorie a effacé ces caricatures sur le tableau noir de sa vie. Je ne les reverrai plus. Qu'ils crèvent. Adios.

Sur la buée des vitres de la salle de bains, elle aurait dû écrire : adieu, crapules…

À genoux femmes c'est l'heure de la pipouze, cri de guerre de l'Oncle quand on a poussé la porte du premier rade, première étape d'une longue soirée de riboule, leçon de choses, vivisection de la bête au beau milieu de son biotope privilégié, jour de l'an, on avait fini de déjeuner très tard, tante Marjorie et l'Oncle étaient venus de Rennes passer les fêtes, Virginie avait préparé son fameux pâté de thon et un diplomate aux abricots, on avait bu des cafetières entières et je ne sais combien de petits verres d'alcool, toutes les liqueurs maison de Virginie, mystérieuses mixtures à base de grains de café, de fruits secs et d'épices, elle savait même reproduire à la perfection le goût du porto, et puis vers cinq heures l'Oncle a émergé d'une petite ronflette, a pris un bol de café et a déclaré bon j'embarque le neveu si ma nièce le permet, elle permettait, mais tante Marjorie l'a prévenue tu sais mon mari n'est pas une fréquentation, Louisa a dit oh tant qu'il ne lui présente pas ses maîtresses,

Virginie et Marjorie ont échangé un regard inquiet, à tort car Louisa pouvait tout se permettre, avec elle il filait doux, ho ! ho ! ho ! à mon âge ma p'tite poule on a plus de maîtresses on a que des souvenirs, tante Marjorie l'a câliné en disant c'est encore trop, puis elle s'est levée, il la tenait par la taille, on s'aime hein ma grande regarde ça Will, et tante Marjorie a dit c'est fou ce qu'on peut s'aimer, d'une drôle de voix blanche qui exprimait tout le contraire, oh va donc prendre l'air mais gare à toi si tu abîmes mon neveu, ho ! ho ! ho ! il doit connaître la vie nom d'un petit bonhomme, ça dépend quelle vie a dit Louisa, et Virginie baissait la tête, et moi aussi je me sentais comme pris en faute, Louisa acceptait cette virée, fallait tenter l'expérience, prendre un risque calculé, mais elle m'a rattrapé dans l'allée, l'Oncle était déjà au volant du coupé 404, attention je ne m'appelle pas tante Marjorie moi !...

Buenasse notchesse ! a crié la bistrote, et l'Oncle a répondu mi amore en ouvrant les bras, elle a quitté son comptoir en formica, elle est venue à sa rencontre, l'œil faussement courroucé l'Oncle l'a repoussée, a pointé un doigt comminatoire en direction de la sciure et ordonné à genoux Mado c'est l'heure du pipeau, elle a dit du pipeau ou de la flûte à un trou ? ho ! ho ! ho ! c'est comme tu préfères ma loutre, elle a roucoulé oh toi oh toi oh toi en l'embrassant à pleine bouche, il s'est esquivé, pas de tango, holà doucement pas devant les enfants, les enfants ? a dit Mado, tiens je te présente mon neveu, le mari de ta nièce ? hé ouais le p'tit veinard le polisson qui polit les vierges qui polissent le chinois ho ! ho ! ho ! eh bien bonne année jeune homme on s'embrasse ? on s'embrasse, les joues étaient un peu molles, le parfum légèrement suri, bouh j'ai pas dormi de la nuit, salope t'as encore fait des folies de ton corps, elle s'accrochait à lui, Mado, alanguie, la belle et lourde plante entre deux âges qui jouait de la flûte à un trou, elle observait du coin de l'œil les deux poivrots calés dans un angle sous le panneau des résultats sportifs et l'alignement branlant des coupes poussiéreuses de football corporatif, bonne année Mado a grogné l'un d'eux, bonne année Mado approche un peu qu'on te paluche qu'on voie ce que t'as dans ton p'tit panier, ta gueule Dédé j'ai déjà donné, souriante elle a posé ses paumes à plat sur le poitrail de l'Oncle, écarté les pans du manteau, ouvert la veste, toujours aussi beau toi elle prend soin de son homme ta petite femme, l'Oncle a rigolé, y a intérêt chuis son capital et je lui verse sa p'tite rente tous les soirs en nature, elle lui a tapoté les joues, sacré toi dire qu'on aurait pu, hé ouais ma biche on aurait pu mais c'est mieux comme ça tu vois Will Mado et moi on a quelques souvenirs, j'ai dit que j'avais compris, pas la peine de me faire un dessin, oulala l'a pas l'air commode le neveu on dirait qu'il est jaloux, je veux qu'il est jaloux il est amoureux de sa tante, pas étonnant c'est une sacrée belle fille, a dit Mado, rêveuse, bon qu'est-ce que je vous sers les beaux gosses c'est ma tournée, un bidule a dit l'Oncle, bidule ? j'ai dit, ben d'ousque qu'il sort ton neveu, des grandes études c'est un intellectuel, ouais m'en a tout l'air un bidule jeune homme c'est un amélioré un bordeaux rouge servi dans un verre à pied quoi plus chic non mais vous pouvez prendre ce que vous voulez on a tout ce qu'il faut z'êtes pas chez les ploucs whisky et tout le bazar pas que j'en vende tous les jours mais quand même faut pas pousser c'est un bar que je tiens pas la buvette de l'amicale des donneurs de sang, ho ! ho ! ho ! t'énerve pas Mado et alors Will t'as pigé l'enseigne ? tu parles puisqu'il est surdoué a dit Mado, non non non faut voir s'il a l'esprit vif et la compréhension rapide vas-y voir l'enseigne dehors c'est moi qui ai trouvé le truc, fallait y penser faut reconnaître a dit Mado, je suis sorti, j'ai vu, 0 20 100 0, alors il en a là-dedans le tonton hein p'tit gars alors tu vois vraiment pas, au vin sans eau a dit Mado, j'ai fait ah ! et le Dédé du coin des résultats sportifs a déclamé de l'eau de l'eau rien que de l'eau et pas une seule goutte à boire, Mado l'a calmé ça vient ça vient pas chez moi que tu crèveras de soif il crèvera sûrement d'autre chose mais pas de soif alors et le neveu il s'est décidé qu'est-ce qu'il prendra, et elle j'ai dit, et elle ? et vous quoi on se cause à la troisième personne non, ah je vois il se fout de ma gueule ton intellectuel, un Cointreau j'ai dit, ça va coûter cher a observé l'Oncle, t'inquiète c'est ma tournée a dit Mado en se servant une menthe, tchin tchin à l'année qui finit et à celle qui commence, et puis après les trois tournées obligatoires les confidences, quel âge il a le neveu, vingt-quatre, c'est jeune hein a dit l'Oncle, c'est jeune et ça ne sait pas a dit Mado un rien allumeuse prête à me donner des cours du soir, c'est vieux et ça ne peut plus a dit l'Oncle, quoi tu peux plus a rigolé Mado, dis donc tu me prends pour un vieux crabe vingt-quatre berges moi à cet âge, t'étais comme les autres lui a rappelé Mado, beaucoup trop rapide un vrai petit lapin trop pressé d'envoyer sa petite graine, ouais t'as raison Mado ah Will de beaux jours t'attendent à vingt-quatre balais tes sens sont à peine développés tu verras à trente on commence à savoir prendre son temps à baiser à la chinoise un p'tit coup par-ci un p'tit coup par-là tu fumes un clope entre deux aller-retour et putain tu les fais reluire pendant des heures t'apprendras va comme les autres, oh toi t'as eu vite fait de devenir un roi du goupillon, dis donc faudrait pas prendre ma bite pour une crosse d'évêque, ils se sont marrés, il rigole jamais ton neveu ? laisse donc Mado touche touche donc, oh écoute y a des clients, ben vérifie qu'elle est courbée dans le bon sens tu veux pas vérifier mon neveu nous excusera bien un p'tit quart d'heure et roulez jeunesse, je peux pas a dit Mado, on peut toujours quand on veut, je peux pas je te dis j'ai mes jours, ah excuse je croyais que t'y avais eu droit à ta ménopause café, salaud ! t'énerve pas Mado tiens tu la connais celle-là comment reconnaître une pygmée qui a ses affaires eh ben facile elle arrête pas de se casser la gueule elle se prend les pieds dans la ficelle de son tampax, idiot ! dis-moi Mado quand est-ce qu'on pourra, elle a compté sur ses doigts en me fixant dans le blanc de l'œil, à la fin de la semaine, tu diras rien à Louisa hein Will les histoires d'hommes ça reste entre hommes, ben il répond plus le neveu la ligne est coupée hé mais dis donc il est bourré !...

Trois Cointreau tassés, oui, j'étais bourré, raide, rond, schlasse, rétamé, et la fiesta ne faisait que commencer. L'Oncle avait sa chaise marquée dans tous les bistrots du bled, des trocsons anonymes simplement signalés par la plaque ovale de leur licence quatre, des alimentations générales disposant d'un bout de comptoir en bois brut entre les cageots de fruits et de légumes, hôpitaux où l'on soigne le spleen d'atelier, on fuit la bonne femme et les gosses et on se retrouve autour d'un tapis à taper le carton en suçant des maïs sans filtre, troquets cra-cra, aires du fléau, resucées de souvenirs de guerre ou de bals d'antan, heures du creux de la vague, grand-messes à la gloire des bagnoles, compétition des cent mille bornes sans un pépin, sans ouvrir le capot je te dis, admets que je la chouchoute ma tire, j'ai le pied léger, des semelles d'ange, et ce qui compte c'est le débrayage mon pote, c'est ça qui conserve une mécanique l'art d'embrayer en douceur, des chaussons aux pieds je te dis, c'est pas comme mon connard de fils, l'a déjà bousillé deux chignoles, l'était même pas assuré tous risques, l'en a pour trois ou quatre ans à rembourser des crédits pour des prunes, après ça on viendra encore demander des sous à son vieux, bons qu'à ça les vieux, merde de notre temps c'était pas comme ça, j'ai toujours mon vélo, ouais le vélo que je me suis payé en trente-six avec ma première paie, un mois de salaire un vélo tu te rends compte, et ces enfoirés-là au gouvernement qui distribuent notre pognon aux peigne-culs et aux bougnoules, tu vas pas me dire, le mec qui veut trouver du boulot il en trouve, ça finira mal tout ça, ouais très mal tu peux le répéter après moi...

Ce soir-là j'étais avec eux. Je les voyais devenir écarlates, puis lie-de-vin, puis daltoniens. Verts dans les miroirs piqués de chiures de mouches. L'Oncle était une mouche verte.

Et moi ?

Pas mieux.

Marjorie, elle me racontait ses étés sur les îles, quand elle partait avec son père pêcher l'encornet à la turlute, l'encornet qui foisonnait, l'encornet dont on boëttait les casiers au grand dam des Chinois qui, eux, les farcissaient délicatement, découpaient les tentacules en fines lamelles, les cuisaient à feu doux dans un bain d'épices, du bout des doigts introduisaient cette bouillie dans les corps qu'ils cousaient et qu'ils passaient au four où ils gonflaient comme des panses. Oh, Will, ces Chinois, j'en avais peur, aussi. Oh, ils n'étaient pas des milliers, mais tout de même. Un beau jour ils arrivaient, des familles entières, ils ouvraient une boutique de repassage, une blanchisserie, oh Will ils repassaient les dentelles à la perfection, et moi je les voyais pousser leur brouette de la boutique au lavoir, toujours un Chinois et une brouette, toujours la même brouette et jamais le même Chinois. Oh Will, il y avait un trafic de Chinois. L'île servait de plaque tournante. Ils passaient en fraude à Halifax et de là se rendaient en Amérique. Un après-midi j'ai aperçu deux Chinois porter une grande chose molle dans un drap sur la grave où les attendait un doris. Je suis sûre que c'était un cadavre qu'on embarquait dans le schooner d'un bootlegger. Oh Will, à une époque ça n'arrêtait pas, la contrebande de whisky. De véritables caravanes de trucks (elle prononçait *trocs*) cahotaient le long de la grave et leur chargement de caisses de whisky brinquebalaient dans un joyeux tintamarre. Le whisky arrivait d'Angleterre, par cargos. Il était en bouteilles et les bouteilles étaient vidées une à une dans les citernes de petits bateaux qui prenaient le large la nuit, tous feux éteints, afin d'échapper aux côteurs — on les appelait comme ça, les gardes-côtes canadiens. Les garçons aidaient à remplir les citernes et les bootleggers leur donnaient la pièce. Si tu avais vu la tête de certains d'entre eux. Des égorgeurs. Ils avaient des mitraillettes. Moi, je n'ai jamais participé. On interdisait aux filles de s'approcher de trop près. Imagine qu'ils nous auraient trouvées à leur goût. Je me serais réveillée dans un bordel de Chicago à chanter *Whisperings of love* en versant toutes les larmes de mon corps, oh, Will, tu imagines ça ? Elle riait. Elle se souvenait de montagnes de caisses et de bouteilles vides sur la grave. On gardait les plus belles bouteilles. À la maison on avait eu pendant des années un magnum dont le bouchon se vissait et qui servait tout au long des vacances sur Miquelon à aller chercher le lait à la ferme. Des maisons avaient été construites en bois de caisse, du bon bois, et pour le chauffage… J'ai sous les yeux une photo de Marjorie bébé, elle rit, allongée dans une caisse, berceau des pique-niques, une caisse marquée C.S., pour *Cutty Sark*, je suppose. Grand-mère le racontait, Marjorie était trop petite, un schooner avait fait naufrage et des centaines de caisses étaient venues s'échouer sur la grave. Les commerces, les villas, les bureaux s'étaient vidés d'un coup et ça avait été la ruée : brouettes, traînes et automobiles avaient acheminé les bouteilles de la grave aux caves et des années plus tard on trouvait encore de ce whisky sur les tables.

Des putes ? Oh, Will, écoute, Helen et moi on croyait que ces filles *embrassaient* les marins et qu'elles étaient payées pour ça. Des Canadiennes ou des Américaines. Les marins, on les surnommait les mailloux, les marins de commerce et les autres, les terre-neuvas, ceux-là, bien qu'ils fussent français aussi bien que nous les Saint-Pierrais, on les considérait comme des sauvages. Quand la nouba battait son plein dans les bars du port, les volets claquaient. Tu penses, ils ne se lavaient pas, ne se rasaient pas, ne se coupaient pas les cheveux. Quelle vie ils menaient. Et les pauvres mousses, des gamins de dix-douze ans tout juste. On chuchotait que des capitaines s'en servaient, enfin, tu devines comment, et qu'après usage ils les tuaient et les fourraient dans le sel, à la cale, et les rendaient à leur famille en disant qu'ils étaient morts noyés, ou d'accident. Oh Will, on a du mal à croire ça, c'est plutôt une variante de la légende de saint Nicolas, ils devaient ressusciter. Mais mon Dieu qu'ils étaient tristes, à des milliers de kilomètres de leur foyer. En plein hiver, on les débarquait, c'était trop dur, et ils rendaient de menus services, ils fendaient le petit bois, gardaient les enfants. Ils n'avaient pas un vêtement de rechange, nous étions des privilégiés, un travail propre et bien payé, une jolie maison, un piano, des tableaux et une voiture qui ne servait guère qu'à aller pique-niquer à la pointe de Savoyard, oh Will, il faut que je te parle encore de ces pique-niques, maman possédait une valise anglaise, il n'y a que les Anglais pour inventer des choses pareilles, comment te la décrire ?, une espèce d'énorme ménagère et, à l'intérieur, dans des alvéoles capitonnées, les thermos, les tasses, en faïence s'il te plaît, pas en fer-blanc, le pot à sucre, le pot à lait, les couverts, les verres, les assiettes, les plats, oh Will, c'était l'objet le plus précieux du ménage, après mon piano et la voiture. La voiture ? Oh Will, moi et les voitures, tu sais. Hotchkiss, ça existe ? Une voiture noire, sérieuse, pansue, avec de grandes roues, quand on est petite on voit les choses tellement démesurées, enfin cette voiture devait être de taille respectable car il y avait des strapontins qui se dépliaient du dossier de la banquette avant et on tenait à cinq ou six à l'arrière, en vis-à-vis. Si le temps se gâtait, on pique-niquait à l'intérieur, maman et Tantine en chapeau à voilette et tout le tralala, et on chantait, on chantait tous en chœur *Sherman's march to the sea*!... Les photos, c'est l'oncle Victor, le mari de Tantine, qui les prenait, oh Will un Zeiss à soufflet, un appareil formidable qu'il vissait sur un trépied, il poussait le retardateur, courait nous rejoindre, se redressait dignement, menton levé, et la photo se prenait toute seule, et parfois ça ne marchait pas, on n'entendait pas le déclic, sourcils froncés l'oncle Victor marchait vers son appareil et tu penses bien que c'est à ce moment-là que ça se déclenchait. En été, ils étaient tout le temps dehors. Pas étonnant, avec les hivers qu'on passait. Et puis elle oubliait les vacances. Ils prenaient le *Miquelon* à Saint-Pierre et s'enfuyaient à l'autre bout du pays, dans l'arc tendu de l'anse de Miquelon, à l'abri du cap du Nid à l'Aigle. À Miquelon il n'y avait que deux rues : le Grand-Chemin et le Petit-Chemin, et comme là-bas ils s'appellent tous Orsini ou Etcheverry, tous ont un surnom. La villa qu'ils louaient appartenait à Bye-Bye, un voisin s'appelait La Patte, un autre Requin. Oh Will, à Miquelon les heures étaient longues, longues !...

Je déplie la carte des îles. Miquelon et Langlade sont les réservoirs d'un sablier reliés par le filet de l'isthme dont on raconte qu'à l'origine ce n'était qu'un haut-fond. Il attirait les goélettes dans sa glu et les carcasses furent bientôt si nombreuses qu'elles retinrent le sable à la manière des oyats sur les dunes et c'est ainsi que se forma l'isthme et qu'on put enfin se rendre à pied sec de Langlade à Miquelon.

Au-dessus du filet, dans le réservoir supérieur du sablier, une grosse bulle : le Grand Barachois, lac salé ouvert sur l'Atlantique par l'étroit goulet de Langlade, à l'est. Et, ainsi qu'un œuf minuscule lové dans cet utérus liquide, l'île aux Chevaux.

Oui, de Marjorie cette bulle retenait le temps quand elle se trouvait tout en haut du sablier.

Papa chassait l'outarde dans le morne du Noroît, l'alouette à la pointe du même nom et le cacaoui dans le goulet de Langlade. Oh Will, on chassait aussi les godes. Elle était incapable de me garantir l'orthographe, et même l'existence des godes. Un autre nom pour la perdrix ? Et les cacaouis ? Oh Will, je t'assure que ça existe…

L'Oncle nous annonce une charrette, un licenciement collectif, on liquide d'abord les anciens comme moi, ceux qui ont appris sur le tas p'tit gars, et on le croit.

Ils quittent Rennes et viennent s'installer dans cette maison où elle mourra, Marjorie.

L'Oncle s'inscrit au Répertoire des métiers. L'économie française a gagné un artisan menuisier enthousiaste, guilleret et rasséréné par les quelques millions d'indemnité qu'il a touchés, de quoi voir venir mon gars.

Deuxième chien, baptisé Félix.

Félix, corollaire malheureux d'une velléité de l'Oncle qui habite enfin à la campagne. Et campagne signifie champs, et champs gibier, et gibier chasse, et chasse signe extérieur de richesse obligatoire, une mise à niveau avec Paul l'architecte, non mais faut pas croire c'est pas parce que monsieur a une chasse privée que je peux pas me payer un permis. Et un chien. Mais attention p'tit gars pas n'importe quel chien. Il disserte sur les avantages comparés du setter anglais, du setter irlandais, du setter gordon, de l'épagneul breton, de l'épagneul français, du braque allemand, du pointer, toutes races, est-il besoin de le préciser, de chiens couchants car aussi bien l'Oncle estime-t-il une seule chasse digne de sa personne : la plume. La bécasse et le perdreau, le lapin mes p'tits poulets c'est bon pour les péquenots.

Il achète des brassées de revues, téléphone à des chenils, prend conseil auprès de vétérinaires et finalement porte un choix définitif sur l'épagneul breton, un chien fidèle, robuste, obéissant, efficace au sous-bois, à l'aise dans les chaumes, broussailleur comme pas un. Il a appris sa leçon par cœur et les recalés à l'examen ont désormais accroché à la queue la casserole de l'ensemble des tares de la gent canine. Les setters c'est saloperie et compagnie et les pointers ça chope un rhume et ça crève dans l'heure qui suit tu peux me croire p'tit gars j'ai étudié la question.

Il fait mille deux cents kilomètres et paie cinq mille francs un chien adulte déjà dressé, fils de champion d'Europe et de championne du monde de la quête-rapport.

On ne conçoit pas de chien sans niche, ni de chasse sans fusil ni de chasseur sans tenue. L'ensemble de la dépense représente un bon quart de la prime de licenciement, et t'inquiète pas Marje c'est un investissement tu verras on économisera sur la bidoche ton boucher te fera la gueule il te regardera plus.

Mais l'infatué thuriféraire, malgré les encensoirs desquels gicle le rouge amélioré, ne parvient pas à forcer le protectionnisme ancestral des vingt-neuf clans de chasse que compte une commune de cent soixante-quinze fusils, tous des cons je te dis accrochés à leurs talus comme des morpions aux poils du cul.

Bien sûr, de temps à autre quelques potes de comptoir lui accordent l'aumône d'une battue au renard. On lance dans le bocage des meutes de courants efflanqués et gueulards qu'on récupère vers le milieu de la semaine au fond des hangars agricoles, attachés au bout d'une corde par les paysans du coin.

Effrayé par les braillards, Félix, la queue basse, reste dans les jambes de son maître et le voilà bientôt affublé du triste surnom de « cinq cents tickets ».

Déclaré bon à nibe, enchaîné au portail du jardin, il deviendra neurasthénique, attrapera la pelade, la gale des oreilles et autres maladies, et fais gaffe Marje que je te voie pas dépenser notre pognon en médicaments pour ce clebs.

Il connaîtra le sort de son prédécesseur : piqûre, sac-poubelle et camion des éboueurs.

Salut Léa remue tes fesses ma grosse, deuxième bistrot de la party du premier de l'an, Léa du *Bar des Amis*, un rez-de-chaussée, maison délabrée au fond d'une impasse, ça sentait le pot-au-feu tourné, d'un côté le café où tout était cimenté et gris, sol, murs et plafond, de l'autre la chambre-cuisine séparée du zinc par un couloir qui menait à une courette aveugle et à un W.-C. sans porte, Léa elle a un cancer du sein en train de la boulotter vilain mais elle a une pêche que c'est pas croyable tu vas voir, Léa était assise sur son lit devant la télé dans la cuisine, elle s'est levée péniblement et elle a dit je fais une soupe, et l'Oncle a répondu c'est dans les vieux pots qu'on fait la meilleure soupe mon p'tit canard, le visage de Léa s'est éclairé, c'est toi t'es venu me souhaiter la bonne année ? qu'est-ce que tu croyais que j'allais oublier ma vieille Léa ? tiens on s'embrasse, Léa, la minuscule bonne femme aux membres grêles qui riait à chaque mot qu'elle prononçait, sa bouche gluante de rouge s'ouvrait jusqu'aux oreilles et son dentier se décrochait lorsqu'une quinte de toux ponctuait ses ricanements rauques, des cernes noirs lui mangeaient les joues et sa poitrine était creuse sous la blouse grise et le jabot d'un chemisier à poignets de dentelle jaunie, comment ne crevait-elle pas de froid dans cette cave sombre et glaciale, du salpêtre montait du sol, la moisissure attaquait le socle d'une horloge comtoise et des plaques de rouille se décollaient des panneaux métalliques, publicités d'avant-guerre, Quinquina, Dubo-Dubon-Dubonnet, Suze, et qu'est-ce que je vous sers alors ? c'est ta tournée Léa ? tintin faut que je la gagne ma croûte, j'ai personne chuis toute seule, Léa p'tit gars c'est la môme radin, pour ça qu'elle s'est pas mariée, pour pas avoir un matador à nourrir, un homme dans mon lit avec ses pieds craspecs arrête j'aurais pas pu, ho ! ho ! ho ! déconne pas Léa un p'tit queutard qui t'aurait fait des choses sous les draps t'aurais pas craché dessus, et qu'est-ce que ça peut bien te foutre a rigolé Léa avec sa voix, sa bouche, son corps à chanter les filles perdues et les petits enfants sans maman, oui je la voyais en bas résille, chapeau claque et cravache plier les genoux et projeter en avant les os de son bassin, les vieux os de son squelette qui branlent qui ont du jeu et qui se bloquent tout à coup comme des bielles coulées, et fredonner désenchantée c'est moi c'est Léa, et réclamer un verre, un rhum de la Jamaïque, alors j'ai dit un Cointreau, ça l'a fait marrer, ha ! ha ! ha ! y a pas de ça ici y a que le choix entre deux couleurs le blanc ou le rouge, un rouge a dit l'Oncle, ballon ? a dit Léa, ballon mon chou, et un jus de fruit j'ai demandé, j'ai que du pich citron et ta femme ? R.A.S. a dit l'Oncle, et ta fille ? de plus en plus salope, ha ! ha ! ha ! t'es content hein, trois types sont entrés, ils soufflaient sur leurs doigts et sautillaient sur place, ils se sont assis sans enlever leur manteau, alors la troupe on salue plus a dit l'Oncle, ho ah merde c'est toi ! on leur a serré la main, t'es le plus beau toi on voit bien que t'es pas à plaindre tu dois gagner des mille et des cents dans ta boîte à Rennes, disons que je me défends les p'tits gars, Léa un kil de calva et une bouilloire d'eau chaude, voilà voilà tout de suite, dis le Rennais tu fais le quatrième deux mille et la belle en quinze cents, pas le temps chuis en famille, ah tu me diras c'est l'époque, Léa viens donc faire le quatrième en attendant qu'un lascar se pointe, et ma soupe qui va la surveiller, elle mijotera Léa t'auras pas besoin de passer les légumes à la moulinette, purée Will avec ces mecs-là faut pas tomber dans le piège en deux mille et la belle ils te fusillent une bouteille de fort et en été c'est le litron de Ricard qu'ils torchent à vingt sacs la boutanche t'as vite fait de remplir le compte épargne Écureuil de Léa et d'y laisser ta chemise y a des limites à tout quoi non t'es pas d'accord ?...

Un fin grésil aiguillonnait la nuit. Les trottoirs étaient nickelés et des giclées de lumière artificielle se répandaient en taches solarisées.

— Prends le volant, on va vers la gare…

La voiture était nerveuse, silencieuse, obéissante. Les deux ailes, qui semblaient obliques, tendaient vers un même point au bout de l'avenue, là où les halos des lampadaires se confondaient. Elles étaient belles et lisses comme des cuisses jointes dans des bas de satin. Le col relevé, la cigarette au bec, on était chouettes dans notre tête et certainement cons à fleur de peau. L'horloge de la gare marquait six heures et demie. En se hâtant, des voyageurs s'engouffraient dans le hall. Un chauffeur de taxi poussait sa Mercedes pour prendre la file.

Cette année-là le jour de l'an tombait un samedi et ce n'était donc pas un de ces foutus lendemains de réveillon qu'on passe au lit en salivant le vin amer et le tanin de la déprime à la pensée des vœux hypocrites qu'il faudra maugréer. À la pensée, aussi, du calendrier déculotté qui écarte à deux mains son béant trou à merde au fond duquel on finit bien par dégueuler.

Un jour de répit avant l'usine ou le bureau et les baisers mouillés des petits chefs bonasses qui se contentent de ce maigre à-valoir sur le droit de cuissage qu'ils aimeraient exercer.

Ce samedi soir paraissait volé. Sans doute les gens sentaient-ils confusément qu'il fallait en profiter au plus vite, qu'il fallait l'enfermer dans les bulles éteintes du mousseux, poursuivre la fiesta, remettre ça, jouir, brûler la vie par les deux bouts, jeter le fric par les fenêtres grandes ouvertes, évacuer, péter à l'aise les gaz de fermentation des huîtres, de la galantine de volailles et de la crème au beurre.

On faisait la queue devant les cinémas. Emmitouflées dans des vestes de fourrure, échassiers difformes ébouriffant leur plumage et marchant à pas circonspects sur leurs pattes en jean cousu à même la peau, des filles en groupes arpentaient le boulevard de la Gare, se regardaient dans les vitrines des bars, jetaient un coup d'œil curieux et affecté sur notre coupé blanc et sa calandre chromée qui lapait les arcs-en-ciel des flaques.

L'Oncle a paraphrasé le Dédé de chez Mado :

— Des femmes, des femmes, rien que des femmes et pas un seul coup à tirer !...

Autre bar, autre décor, flashes stroboscopiques branchés sur le juke-box, bananes vermillon des punks, fumée de Marlboro haschées, Arabes silencieux, on a débarqué là-dedans avec nos chemises blanches cravates et nos impers mastic, ça sent la rousse a dit un mec, t'es enrhumé mon gars faut te soigner a dit l'Oncle, z'êtes pas des flics ? j'ai une gueule de flic moi ? ben..., ben t'es dans le bain p'tit gars t'as plus qu'à payer ton glass deux Cointreau, z'êtes gonflés, tâte-moi ça voir si c'est de la gonflette a dit l'Oncle en pliant le bras, et le jeune type inquiet a considéré l'insigne à la boutonnière de l'Oncle, deux petites ailes, une histoire de Résistance, ni F.T.P., ni F.F.I., un machin ricain qu'il avait le droit d'arborer assurait-il, la chose avait un petit air para commandos troupes de choc et incitait au respect, le petit mec a raqué, et à l'abri de son comptoir en cuivre martelé, gravure de clip sur fond rutilant de bouteilles renversées sur les bouchons doseurs, s'activait Béa, Mado... Léa... Béa... il y avait une constance des prénoms, à croire qu'une cariatide de troc-son ne peut pas s'appeler Clémentine, Anne-Laure ou Marie-France, et cette Béa c'était une grosse molle quinquagénaire, une blondasse à lunettes à qui deux taches rouge vif sur les pommettes donnaient un faciès clownesque, et elle devait la cultiver, sa moue, dans les miroirs, en imitant une de ces actrices à gros seins des fifties, et elle affectait d'être terriblement lasse, lasse de gagner du blé, lasse de le bouffer, lasse de fumer, lasse de servir des demis panache, lasse de composter des tickesons de Loto, lasse de tout et de rien, sans doute pourquoi elle a tendu sa joue comme une comtesse altière tend la main, l'Oncle l'a bécotée et elle a soupiré, les paupières mi-closes, et elle a exprimé un indicible regret, on te voit plus souvent, ho ! ho ! ho ! tu me voyais pas plus avant, furax elle a écarquillé les yeux agates laiteuses roulées dans les reflets de ses verres filtrants, qu'est-ce que tu veux dire ? mais elle le savait parfaitement ce qu'il allait me dire, Will mon p'tit gars t'as devant toi la reine du garde-à-vous annamite de la prière musulmane si tu préfères à genoux le cul en l'air la tête par terre entre les pattes de devant ah elle aimait ça que je la prenne par-derrière pas vrai Béa ? j'aime toujours, a confié la grosse d'un air pincé, elle pouvait pas jouir par-devant un cas Will, je peux maintenant a assuré Béa, ah ouais faudra qu'on tente le coup alors un de ces quatre dis ma Béa, trop tard je baise plus qu'avec les mecs discrets, ho ! ho ! ho ! qui savent tenir leur langue c'est ça ? bravo t'es tombé pile, hé ben t'as tort Béa la langue faut pas la tenir faut s'en servir tu te rappelles ma belle le nez dans ton barbu j'avais la fausse moustache, arrête plus tu vieillis plus t'es dégueulasse l'amour on le fait on en parle pas, l'écoute pas Will si tu voyais son cul une vraie lune de bébé nourri au sein bien blanche lumineuse je crochais dedans et cramponne-toi marin elle mettait en route sa sirène de brume et je plongeais dans les parfums de la marée, ça suffit ! Béa a brutalement posé la bouteille de Cointreau entre nos verres et a dit tu me débectes prends la bouteille et tire-toi, ho ! te fâche pas Béa j'ai rien dit de mal, tire-toi ! ho ! tu vas quand même pas appeler la valetaille pour nous vider, on se barre j'ai dit, et j'ai repris le volant et l'Oncle buvait du Cointreau au goulot, toujours ça de gagné tu parles d'une bêcheuse cette Béa veut bien qu'on l'enfile mais pas qu'on discute de son cul ah ce cul un rêve !...

J'ai bu une gorgée de Cointreau. Sans glace, ça passait mal. Ça donnait envie de fumer. On a fumé en silence pendant quelques minutes, on a regardé les filles, les bandes de jeunes, le ballet des taxis, les familles de Parisiens qui prenaient le train dare-dare.

— Fais donc le tour du quartier…

Donc, ce donc dont il agrémentait ses ordres, je crois qu'il était l'expression d'une répétition. Cet ordre, il l'avait déjà donné dans sa tête et le *donc* signifiait qu'il condescendait à le répéter, alors qu'il aurait aimé qu'on le précédât, qu'on l'eût compris avant même qu'il ne s'exprimât.

— On va bien finir par trouver un trou pour tremper zézette…

On tournait. On remontait le boulevard de la Gare, puis le sens unique nous obligeait à revenir par la zone et l'envers du décor : entrepôts, cours pouilleuses, tas de charbon, échafaudages de caisses et de bocks vides qui indiquaient le côté pile d'un bistrot, éclairage blafard, rues désertes, bagnoles sauvées de la casse ou attendant la casse, abandonnées le long d'un trottoir en terre battue. Et à l'endroit on retrouvait le clinquant et la vie. On était de nouveau dans l'aquarium et les poissons multicolores froufroutaient en lâchant des bulles qui s'allongeaient, ovalisées, contre les vitres de la voiture.

— Vise un peu celle-là, m'a dit l'Oncle, elle cherche un mohican à scalper… Ouais ouais celle-là, elle est plus de première fraîcheur mais à la guerre comme à la guerre…

Je lui ai dit qu'il fabulait, que la bonne femme attendait quelqu'un.

— Quelqu'un, justement !… Quelqu'un pour l'emmancher…

Elle marchait de long en large sous un abribus.

— Crois-moi Will, j'ai un don… Quand ma baguette de sourcier frétille, c'est que c'est bon…

J'ai dit qu'elle allait prendre le bus. Il a jubilé.

— À cette heure, le dernier bus est passé…

Il avait raison.

C'était reparti pour un tour avec cette femme sans âge, mal fagotée dans un manteau râpé, une robe noire chiffonnée, des collants à motifs et des bottes en daim dont les talons étaient usés en dedans, elle gardait ses mains dans les poches de son manteau et comme son sac en bandoulière glissait elle le remettait en place d'un coup d'épaule qui secouait ses cheveux raides, et moi je n'en pouvais plus, je ne voulais pas voir l'Oncle dans ses œuvres, j'ai dit impossible de se garer, il a rétorqué fais donc le tour par la gare routière on a tout notre temps, et ça nous a menés en face d'elle, elle a fixé notre bagnole de dragueurs, elle distinguait des silhouettes dans le pare-brise, l'Oncle a pesé le pour et le contre comme un maquignon, doit avoir le cul en goutte d'huile mais les guibolles sont pas mal attends un peu, une gorgée de Cointreau, une gauloise neuve, il est sorti du coupé, est allé à sa rencontre, elle a repris sa marche en lui tournant le dos et j'ai cru qu'il raterait son coup, qu'on allait rentrer, j'en avais ma claque, mais il l'a apostrophée, ho toi là-bas ! ils ont échangé quelques mots, qu'est-ce que tu dirais d'une p'tite partouze bien au chaud dans la chignole, vous êtes combien ? deux comme papa ma grande, deux alors ça va, et l'Oncle a baissé son siège et elle s'est faufilée à l'arrière, route pêche mon p'tit gars roule donc, elle s'est penchée vers moi, les coudes sur le dossier de mon siège, dites je voudrais voir la mer soyez sympas les gars, la mer ou la mère la mer avec les p'tits bateaux les p'tits poissons les crabes cerises les vagues et tout ? oh oui vraiment ça me ferait plaisir de voir la mer, elle avait une voix de petite fille qui a un gros chagrin, holà ça sent le chien mouillé ici, c'est moi j'ai les cheveux trempés s'est excusée la paumée, et elle a allumé une cigarette, j'ai aperçu son visage dans le rétroviseur, ses yeux vides et la suie du rimmel en grains sur ses cils dans la fumée de la cigarette qui pendait entre ses lèvres, qu'est-ce que tu fumes ? des Dunhill t'en veux une ? dis donc mon p'tit pigeon on se refuse rien, il s'était retourné, ho ! ho ! ho ! il lui caressait l'intérieur des cuisses, robe retroussée la bonne femme a écarté les jambes, le slip gênait l'Oncle, enlève donc ça Will fais donc un peu de lumière que je repère la fissure, j'ai allumé le plafonnier, elle a roulé son slip en boule et l'a fourré dans la poche de son manteau, arrête-nous donc Will, il a avancé son siège jusqu'à ce que ses genoux touchent le tableau de bord, avance donc le tien si tu peux on sera plus à l'aise à la poupe, il a enjambé le siège avant et il s'est affalé sur la paumée, j'ai démarré, c'est la route de la mer dites ? tu la reverras ta mère hooo ça sent le goémon, je me suis lavée ce matin, t'inquiète donc pas ma poule, j'ai éteint, nuit d'encre, on n'était qu'à quelques kilomètres du port et des grèves, j'ai bu une gorgée de Cointreau, ho Will si tu voyais ces poils qu'elle se paye un vrai tablier de sapeur p'tit gars, ils s'agitaient en soufflant, cherchaient une position, t'as qu'à penser que t'es une princesse russe ma biche et qu'un vicomte de mes deux est en train de te sauter dans l'Orient-Express ça y est hooo chuis d'dans Will, et alors dedans dehors la honte à se cogner la tête contre le volant, je pensais à Marjorie et à Louisa, Louisa mon amante lente et secrète qui fait semblant de ne pas savoir, j'ai effacé l'image de son corps qui a la forme de mes mains, j'ai longé le port, toutes les vingt secondes un phare concevait une balise dans l'obscurité originelle, les chalutiers étaient bord à bord, fourmillement d'antennes, grouillement de bêtes caparaçonnées, j'ai replongé dans la nuit, c'était une plage et un mur de pierres sèches, un lampadaire isolé et inutile au bout d'une langue de sable, j'ai coupé le moteur, éteint les phares, la paumée était sur le dos, jambes écartées, un pied sur le siège avant, l'autre coincé entre la tablette et la lunette arrière, ses cuisses étaient affreusement blanches et tremblaient comme de la gelée à chaque coup de boutoir de l'Oncle, bordel de merde j'arriverai pas à décharger, chuis trop large a pleurniché la bonne femme, tourne-toi vers La Mecque ah c'est mieux serre les cuisses, son ventre claquait sur les fesses flasques, floc floc atroce de la viande qu'on attendrit, et puis une odeur de sperme a envahi la voiture, l'Oncle s'est reboutonné, est sorti du coupé au prix d'acrobaties ridicules, à toi de jouer p'tit gars mais t'as intérêt à te faire tailler un crayon parce que autre chose faut pas rêver cette garce est large comme le tunnel sous la Manche et même en limant de travers tu sens pas les bords moi je vais me laver la queue à l'eau de mer ça désinfecte, il a disparu au-delà du cercle jaune du lampadaire, tu veux que je te suce ? elle était à côté de moi sur le siège passager, t'es majeur au moins quel âge tu as ? j'ai dit dix-huit ans pour la décourager, oh mais j'ai un fils de ton âge, et elle cherchait à me tripatouiller, laisse tomber, quoi tu veux pas que je te masturbe ? elle a dit masturber pas branler, ça va laisse tomber tu veux boire un coup, oh oui je veux bien, je lui ai donné la bouteille de Cointreau et elle a torché un bon verre à moutarde, puis on a regardé droit devant l'ombre chinoise de l'Oncle qui faisait ses ablutions sur la grève, qui pissait dans l'eau, elle a dit de sa toute petite voix c'est ça la mer ? et moi qui étais très sombre je lui ai dit oui la mer noire, et j'ai mis pleins phares, l'Oncle a levé le bras en visière, a gueulé ho tu vas foutre la batterie à plat, j'ai tourné la clé de contact, le moteur a ronronné, l'Oncle a estimé le niveau du Cointreau, ho Will t'as descendu tout ça ? mais non c'est elle, elle s'est recroquevillée dans un coin de la banquette, ben dis donc t'as pas que le cul en estuaire ta gueule aussi c'est l'embouchure de la Seine allez démarre donc Will t'as vu l'heure les mémés vont nous sonner les cloches, et devant un bistrot du port il a dit stop on la largue ici on l'a assez vue allez terminus ma grosse, on aurait dit qu'elle s'accrochait au col de son manteau qu'elle tenait fermé à deux mains, dites les gars vous allez pas me laisser comme ça ? comment comme ça t'as vu la mer c'est ce que tu voulais non ? donnez-moi quelque chose je sais pas moi cent francs j'ai rien mangé depuis deux jours, j'ai pris mon portefeuille, ho fallait le dire plus tôt que t'étais une pute, je suis pas une pute j'ai rien mangé depuis deux jours, lui donne pas de fric Will j'ai jamais payé une grognasse je vais pas commencer à quarante-cinq balais allez dégage ou je te file une mandale, il l'a empoignée, elle s'agrippait à moi, dix francs alors même cinq de quoi me payer un sandwich et une bière, rien du tout c'est déjà beau qu'on ait trimbalé ta viande, je lui ai donné un billet de cinquante francs, mon eau de mer à moi, il ne pouvait pas comprendre l'Oncle, t'as eu tort Will j'ai jamais vu ça j'avais l'impression d'être le p'tit ramoneur dans une cheminée d'usine et toi ? oh moi j'ai dit elle m'a tapé une queue, ah vite fait alors dis donc, il n'était pas dupe mais il ne voulait pas me vexer, j'ai fini la bouteille de Cointreau et une demi-heure plus tard l'alcool avait achevé sa course dans mes jambes, dans mes mains, dans le blanc de mes yeux, je vois a dit Louisa, il tient pas la dose ton amoureux a dit l'Oncle, il n'en a pas besoin a dit tante Marjorie, on rentre a dit Louisa, et à la maison elle m'a tenu la tête pendant que je vomissais le cauchemar sur ma chemise blanche.

Aujourd'hui, à relire ces pages et à contempler tout ce qui m'entoure, tandis que Louisa, nerveuse, cherche les plus futiles des prétextes pour forcer la porte de mon bureau et effleurer du regard, mine de rien, ces lignes qui l'intriguent et qu'elle brûle de découvrir, je me demande si nous avons raison de croire que notre amour pour elle a prolongé la vie de tante Marjorie, une Marjorie que j'aimais parce qu'elle était Louisa en devenir, une Louisa qui est la Marjorie de vingt ans que je n'ai pas connue mais que je fais renaître sous ma plume, et je célèbre le sacrement, c'est l'élévation grave des photos jaunies qui s'animent au-dessus de ma nuque courbée, c'est l'adoration de la mémoire martyrisée, fouettée à mort, cinglée par le sinistre et l'horrible, mais aussi solennellement caressée de la pulpe des doigts qui marqueront de leur empreinte le délicat pastel des trois portraits superposés des trois femmes qui n'en sont qu'une : Marie Beck (grand-mère),

Marjorie Beck sa fille, et Louisa qui craint l'alchimie des mots et n'ose pas me chuchoter à l'oreille sa peur que je trahisse. Mon désir de conter était un parchemin roulé et cacheté et comme on déroule sur une table le papier peint pour l'encoller, j'ai posé aux quatre coins les poids du passé et du présent, du bonheur et du malheur qui l'empêcheront de se refermer sur moi. En Louisa, Marjorie s'est réincarnée. Sans s'en rendre compte, à l'envers de son propre papier peint, Louisa a retrouvé les recettes des gâteaux, la joie de cuire les *buns* du dimanche, les livres d'histoires, le charme des chemisiers blancs brodés et des souliers à talon plat. Après tante Marjorie, elle porte au cou les bijoux de grand-mère, les lourds colliers de verroterie, fleurs roses serties dans des calices en métal argenté. Sur sa table de chevet je trouve des livres de Louis Hémon et de Daphné du Maurier. Sans concertation ni préméditation nous avons rebâti la maison du cap à l'Aigle. Hasard, ces commodes à boutons en acajou blond qui vont si bien, dans notre chambre, avec le meuble de toilette dont le placage est craquelé et le chiffonnier à fronton tarabiscoté que grand-mère nous a légués ? La tapisserie est anglaise, nous l'avons achetée à Londres. On la trouvera trop chargée, trop sombre. Elle boit la lumière, qu'importe. D'où nous vient, sinon de chez tante Marjorie, ce pique-fleurs en ferblanc, sans valeur, frappé *Viking plate made in Canada*? Et ce minuscule beurrier peint à la main d'une scène champêtre — cottage idyllique et crinolines balancées — une porcelaine *Royal Doulton*? Les vieux fauteuils club, achetés trois sous dans une brocante, nous les avons recouverts nous-mêmes d'un velours vert, reproduisant par là les gestes de Marjorie, vingt ans plus tôt. Sur l'étagère, près des fauteuils, les *Illustration* de l'oncle Victor et de Tantine dans lesquels Marjorie a découvert le monde, les hydravions, les voitures de course et les belles dames longilignes et coiffées court. Écrire est magique. Je pose un regard neuf sur nos tableaux, sur ces aquarelles anglaises que Louisa rapporte, les joues en feu, de tours de chine chez les broques. Nous sommes tatoués. À Marjorie, pour la vie. Marjorie qui ne verra pas, oh Will, sur la hotte de la cheminée, fiers et agressifs sur fond de Highlands, ces trois terriers écossais nommés Torpichen Darroch, Torpichen Badger et Toronto Chief. Plus loin, une paire d'aquarelles nous plonge dans les moors d'où jaillit une rivière à truites au bord de laquelle on devine un pêcheur au fouet, près de la signature, *Badcock 1923*. Il y a aussi cette sombre lithographie intitulée *Near Eventide in the Moorland depths*. Pour qu'un jour Louisa le découvre dans une vitrine de la vieille ville, un certain J.R. Taylor en 1907 a peint Westminster Bridge, le fog et des péniches. De J. Dadley Haynes cette eau-forte représentant *The Langdale Pikes* — les pics ou les aiguilles de Langdalc. Tante Marjorie aurait adoré cette immense gravure de G.W. Bohlde, un Américain : sous la pluie une fillette en robe longue et tablier monte le chemin boueux qui mène à une chaumière dont l'une des trois cheminées fume. J'aime à croire qu'il s'agit de l'Irlande. Comment se lasser des *Pileated Woodpeckers* d'Audubon, une planche originale, peut-être, qui n'a pas perdu de son cadre l'étiquette manuscrite d'un artisan londonien ? Tante Marjorie aurait compris le charme mélancolique de cette chose dérisoire, une simple photographie que j'ai prise dans le salon d'un hôtel écossais : un luminaire, une table basse, une pendule à poids cylindriques et deux fauteuils. Oui, deux fauteuils club. Je savais bien qu'ils venaient de quelque part, nos fauteuils. Nous les avons pris dans ce salon. La pendule marque six heures moins vingt et je me souviens, il faisait un froid de canard, c'était au nord-est d'Ullapool, au beau milieu des forêts de bouleaux argentés, nous avions pris le thé, nos tasses sont sur la table et le lendemain matin, alors que nous n'avions rien demandé, l'hôtelier nous avait réveillés à sept heures et demie en tirant d'un coup les rideaux, avait posé au pied du lit un plateau avec une théière et deux tasses et nous avait souhaité un *good morning* tonitruant. Nous avions fait l'amour et ce souvenir me ramène aux souillures de l'Oncle, me remet en mémoire cette injonction qu'il gloussait : « Mets-toi donc à genoux et fais semblant de bâiller… » Il me faut oublier l'Oncle. J'ai bien le temps de lui régler son compte. Je remonte vers le nord, Écosse, Irlande, Islande, Scandinavie. Si nous sommes l'aiguille de la boussole, n'est-ce pas pour trouver le mirage des rochers de Saint-Pierre, des tourbières de Langlade, des graves désertes de Miquelon ? Nous aimons les îles. L'île est le ventre maternel. Qu'en pensent Paul Eluard et Gala ? De l'intérieur du cadre noir et or, un vieux cadre que j'ai restauré à leur intention, ils m'observent. C'est une photographie que j'ai découpée dans un quotidien et que j'ai rehaussée d'aquarelle. Le papier de certains journaux se prête très bien à ce genre d'exercice. La pose est tout à fait académique, ce qui m'étonne de la part du poète que j'imagine mal acceptant l'artifice. D'ailleurs, il a l'air agacé. Il est mal à l'aise dans une veste militaire que j'ai peinte en bleu horizon, bien entendu. Cette veste explique sans doute l'aspect guindé du portrait, celui d'un couple qui risque d'être défait le lendemain, dès les premières clameurs de l'assaut sous le feu croisé des mitrailleuses ennemies. Gala a-t-elle exigé ce portrait-souvenir ? Le décor en est pompier. Rideaux légers et bouquets. Eluard est assis sur un coin de meuble — console ou commode. Il croise les bras. Bien droite près de lui, Gala le domine. Elle ne le touche pas. Elle ne sourit pas. La bouche est belle et le cou gracieux. Sa robe a été taillée dans un tissu lourd et plus que cet étonnant portrait du poète et de sa compagne, c'est le col de dentelle de Gala qui m'a incité à encadrer la photographie et à l'accrocher dans mon bureau. Dans cette robe, dans ce col ouvert, dans Gala elle-même il y a quelque chose de grand-mère, de tante Marjorie et de Louisa.

Marjorie, elle me racontait sa maison, la plus belle de l'île, tout en séquoia, couverte de bardeaux, aux murs en clabords, oh Will en écailles, clabord c'est un mot de chez nous, peinte en vert foncé, sauf les portes et les fenêtres qui étaient blanches. Grand-père et grand-mère l'avaient achetée avant même de publier les bans. Oh Will, les gens ne se mariaient qu'une fois leur maison achetée. Au bout de la couline en face — coulines, oh Will, les rues étroites qui descendaient vers la mer — on apercevait les toits des entrepôts, puis la grave, puis le plain. Le plain, oh Will, c'était le bord de l'eau. Le père de Marjorie avait acheté une maison sur trois niveaux et peu de temps après la naissance de Virginie il en avait fait couper, oh Will, oui, une tranche, et le dernier étage était devenu un deuxième rez-de-chaussée à usage de garage, de remise et d'atelier. Dans la maison principale la disposition des pièces était parfaitement symétrique. Un couloir central coupait la surface en deux parties égales et à chaque extrémité de ce couloir les deux portes à tambour se faisaient face. D'un côté la cuisine et la salle à manger, de l'autre le salon et le bureau de papa. À l'étage, après que le toit eut été abaissé, quatre chambres et la salle de bains. Et au-dessus, un grenier auquel on accédait par une échelle de meunier et où on ne pouvait pas se mettre debout, enfin, tout juste, au milieu et encore en courbant l'échine. Marjorie rampait jusqu'aux mansardes longues et étroites et là elle lisait ou regardait la mer. Oh Will, je me souviens, j'adorais m'enfermer sous ce toit quand soufflait la tempête et j'ai encore dans la tête une image tellement fugitive, fugace comme un rêve, je lisais et soudain, prévenue par je ne sais qui ou je ne sais quoi, j'ai levé les yeux et j'ai vu traverser la fenêtre, enfin la passe, tu me comprends Will, les mâts d'une goélette, le bout des mâts, seulement le bout, les vagues étaient tellement hautes, j'ai vu passer le bateau à une vitesse folle et quelques secondes plus tard il se fracassait sur les rochers du cap à l'Aigle. C'est drôle, hein, Will, que j'aie levé les yeux de mon livre juste à ce moment-là.

Maman — Marie Beck — était née dans l'île aux Chiens qui s'appelle maintenant l'île aux Marins, ce qui est tout de même plus joli. Marie Beck, une Anglaise de Terre-Neuve, descendait de parents irlandais qui avaient fui la Grande Famine. Oh Will, je ne sais par quel mystère elle s'est retrouvée à l'orphelinat de Saint-Pierre. Oh Will, si seulement grand-mère m'avait raconté sa vie comme je te raconte la mienne. À vingt ans elle est partie à Montréal travailler dans un journal, *La Patrie*, les bonnes sœurs de l'orphelinat lui avaient appris la sténo et la dactylo, quand tu penses qu'il m'arrivera la même chose, et puis de retour dans l'île, pendant ses vacances, elle avait accepté que grand-père lui fasse la cour, oh Will, il était amoureux d'elle depuis plus de dix ans, il l'avait remarquée à la messe, parmi les orphelines et elle conviendrait qu'elle aussi, elle avait remarqué, flattée et un peu inquiète, elle n'avait pas quatorze ans, cet homme qui lui souriait et elle passait devant lui avec ses petites amies, en pouffant de rire, et le mariage, oh Will, une autre paire de manches, tu parles, les parents de mon père étaient de riches armateurs alors, voir leur fils épouser une orpheline, plus ou moins anglaise, plus ou moins une sauvageonne irlandaise, ça ne s'est pas passé tout seul mais on hésite à le dire, tant ça paraît idiot et banal, ils se sont aimés jusqu'au dernier jour, tu as pu le voir comme moi, Will.

La Vieille m'a téléphoné de Lorient. Ô surprise d'entendre la voix de la mère du salaud, sorcière aux yeux jaunes, peau lisse sans une ride à soixante-dix ans, sans lifting pourtant, un don du diable, jeunesse des traits, vieilles cannes, reins cassés, mais sous les cheveux gris et rares une cervelle intacte, une calculatrice à pile atomique, éternelle, et dans sa tombe, sous tante Marjorie, je suis certain qu'elle continue à multiplier, soustraire, additionner et qu'elle expédie de l'au-delà des lettres de rappel à ses locataires, fantôme aux doigts crochus usant de son droit de visite trimestriel, la clause des baux à propos de laquelle elle ne transigeait pas, afin de vérifier de visu qu'on aère bien les salles de bains, que la moisissure ne gagne pas, que son patrimoine ne pourrit pas, alors qu'elle-même s'en va en douce déliquescence.

Elle n'aurait pas fait cadeau d'un centime.

Elle ignorait le compte rond.

— William, j'ai décidé de donner de l'argent

à mon fils pour qu'il se fasse construire une maison… Ou qu'il en achète une, il fera comme il voudra… Marjorie attend ça depuis vingt-cinq ans, une maison à elle, et mon imbécile de fils n'a jamais su économiser… Vous au moins vous ne restez pas les deux pieds dans le même sabot… À l'âge où l'autre andouille courait encore la gueuse, vous êtes propriétaire…

Propriétaire, la plus précieuse des qualités, à ses yeux; et aux miens ce pavillon clé en main que nous avions acheté dans une cité n'était guère plus que la mise en pratique de la théorie économique qui veut que l'on s'endette quand les taux d'intérêts des prêts sont négatifs, c'est-à-dire inférieurs à l'inflation. Mais nous nous ennuyions déjà parmi les maniaques de la pelouse, les dalleurs d'allées et les piliers de comités de défense de tous acabits. Et bientôt, lorsque nous serions en quête du paradis de tante Marjorie, nous trouverions bien mieux, nous achèterions l'éden qui lui était destiné.

— Ça c'est quelque chose, à votre âge!… J'ai tout de suite compris que vous étiez quelqu'un, William, si, si, ne dites pas le contraire…

J'essuyais ses compliments, je me sentais sali, je respirais par sa voix son odeur de vieux billets.

— Vous et Louisa, vous réussirez, dans la vie… qu'est-ce que je dis? vous avez déjà réussi!

Elle m'a confié qu'elle avait longtemps hésité, qu'elle avait pesé le pour et le contre, mesuré les réels dangers de donner une telle somme à une pareille tête en l'air, et qu'elle avait pris sa décision sur la foi d'assurances données par son notaire quant au droit de regard qu'elle exercerait sur l'usage des capitaux.

— C'est vous qui m'avez décidé...

J'ai dit moi comment ai-je pu ?

— À condition que vous acceptiez de le faire, et je sais que vous le ferez car vous adorez votre tante...

Faire quoi ?

— Vous vous occuperez de tout et vous surveillerez mon fils, avec lui tout va de travers et j'ai confiance en vous...

Je serais son mandataire.

— Et Paul ?

— Son frère ? Un miracle qu'ils ne se soient pas entretués...

— Mais il est architecte et il paraît le mieux placé pour...

— N'y comptez pas, ils se boufferaient le nez !... Et l'autre zèbre me jetterait mon fric à la figure ! Mais il faut que vous sachiez que je fais les choses en règle, devant notaire. Je n'avantage ni l'un ni l'autre. Chacun aura sa part. Paul attendra, il roule sur les millions... Mais s'il y en a une qui attend depuis assez longtemps, c'est bien ma belle-fille...

Un troc : l'absolution contre quatre murs et la Vieille, maligne, se payait également la rente inestimable des soins que lui dispenserait sans compter tante Marjorie. Elle était le joueur et le croupier. Elle misait gros, ramassait les gains —

l'indulgence et la magnanimité de tante Marjorie — et du bout de sa raclette elle repoussait l'enjeu tardif : l'hospice où dès les premiers signes de la maladie Paul et l'Oncle n'hésiteraient pas à l'incarcérer.

— J'ai vendu deux appartements, l'argent est à la banque, je le verserai directement aux entreprises, vous me donnerez les ordres, avec vous je suis tranquille, mon fils ne se fera pas arnaquer…

Arnaquer… Elle possédait le vocabulaire de la magouille.

— Vous êtes d'accord ?…

Mille fois…

Louisa et moi nous avons couru aussitôt chez tante Marjorie.

— Oh, Will, tu me racontes des histoires !…

— Je te jure…

— Ma belle-mère, nous donner de l'argent ? Enfin, tu sais bien, toi, Louisa, la vie qu'elle m'a faite…

La somme prévue par la Vieille était plus que confortable.

— Et mon cher époux, il est au courant ?

— Je suppose que oui.

— Oh Will depuis quelques jours il est bizarre…

— Comment cela ?

— Eh bien mes enfants… il a le vin plutôt gai !

— Il n'y a pas de doute, alors, sa mère l'a prévenu, a dit Louisa.

La Vieille l'avait prévenu et l'Oncle n'avait pas perdu de temps.

Au tout début des années soixante-dix sévissaient un nombre incroyable de « bâtisseurs », intermédiaires parasites et peu scrupuleux entre les candidats à la propriété et les entreprises. Tels des vers dans l'aubier, ils s'étaient insinués dans les blancs d'une législation imparfaite et prenaient dans le chalut de contrats léonins les petites gens subjugués par l'apparente simplicité de l'opération et la prise en charge par les bonimenteurs de tous les soucis — recherche d'un terrain, devis, surveillance des travaux. En trois ou quatre ans, ces sociétés reines de l'embrouille s'écrouleraient comme un château de cartes, ruinant des artisans imprudents et des maîtres d'œuvre crédules, installant dans les maisons d'arrêt provinciales de nouveaux locataires inculpés d'abus de biens sociaux et de banqueroute frauduleuse.

Il eût été étonnant que l'Oncle ne tombât pas dans les bras d'un de ces escrocs.

Nous avions vu la 404 garée devant le bar de la belle Mado. L'Oncle est rentré vers huit heures, l'œil brillant et l'haleine empestant le vin rouge. Le bidule… Il était hilare.

— La Vieille a lâché le morceau… Putain, c'était pas trop tôt… Marje, sers-nous donc un petit jaune, on va arroser ça…

Jaune : tout ce qui se trouble quand on y verse de l'eau, Pastis, Ricard, Pernod...

Il a balancé une grosse enveloppe sur la table.

— La voilà ta maison, ma poule...

L'affaire s'était traitée *Au vin sans eau.*

— Ouvre-moi donc ça, Will, montre à ta tante, faut qu'elle touche pour y croire...

— C'est pas vrai, tu as acheté une maison ? a dit tante Marjorie.

— Acheté ? Déconne donc pas !... Je veux du neuf, moi... Pas question de déménager ma viande dans les microbes d'autres locdus... On va construire, Marje !... Je me suis renseigné, Will, c'est une bonne boîte... Rends-toi compte, ils vendent en moyenne cinq pavillons par jour... Sans compter qu'ils me fileront du boulot... Et je me garde toute la partie menuise...

Tandis que tante Marjorie, affolée, ivre de bonheur, lui servait à dîner, cassait une assiette, renversait un verre, j'ai déroulé les plans d'un pavillon moderne et fonctionnel auquel des linteaux de granit au-dessus des ouvertures donnaient une note rustique.

— Pas mal hein ? On aura trois chambres, Marje...

— Oh, vous avez vu la surface du salon et de la salle à manger ? Mais nous n'avons pas de meubles !...

— T'en fais donc pas, j'ai calculé... Il nous restera une bonne pincée... On virera toutes ces saloperies chez Emmaüs et on calera notre cul dans du cuir… J'ai toujours rêvé de lire mon canard dans un fauteuil en cuir, la pipe au bec.

Debout, penchés sur les plans, nous sirotions une liqueur de cerises. Tante Marjorie s'extasiait.

— Et ça, qu'est-ce que c'est ?

— Hé ben, tu sais pas lire un plan ?

Comment aurait-elle su ?

— Une cheminée ma biche, le grand luxe !

— Oh les enfants, vous viendrez en hiver, on grillera des châtaignes en buvant du cidre…

— J'aime pas le cidre…

— Mais dis-moi, cette maison, tu vas la mettre sur quel terrain ?

Il a éclaté de rire. Il a gloussé.

— Le terrain est vendu avec… En pleine nature… Tu auras ton potager et moi mes pigeons…

— En pleine nature ?…

Paumé à une dizaine de kilomètres de la ville. Tante Marjorie, comment ferait-elle pour venir nous voir ?

— Tu passeras ton permis, ma grande !…

— Mais je suis trop vieille !…

— Trop vieille à quarante-cinq ans ? a dit Louisa.

— Je te paierai une petite bagnole, j'ai tout calculé, je te dis, il restera un bon paquet de blé.

— Oh, écoute… Oh je ne trouve plus mes mots !…

— Ça va être ta fête, ce soir, ma biche… Ton

p'tit poussin va te faire reluire !... Au garde-à-vous annamite ma grande !...

Elle lui a dit oh écoute pas devant les enfants.

— Où ça ? Où ça ? Tu vois des enfants quelque part, toi ?... Moi je vois qu'une paire de loustics qui arrêtent pas de se chanter Ramona... Ramona, Ramona, ramone-moi... Sers-moi donc un p'tit scotch, Marje, et à William aussi, cette cerise, c'est pas une liqueur d'homme... Liqueur d'homme, ha ! ha !...

Il était en grande forme. Une heure et demie sans vacherie, un entracte à marquer d'une croix sur le calendrier des couchers du roi.

Je cherchais des ruses de financier libanais afin de l'amener à réclamer de lui-même mes services de conseil juridique. Il m'a deviné. Il m'a tendu les contrats.

— Prends donc cette paperasse, Will... Tu t'y connais en droit, moi j'y pige que dalle à ces trucs-là... Remarque, j'ai confiance dans le mec de l'agence, c'est un pote... Mais on sait jamais, hein ?...

Un pote. Un mec dans son genre. Une caricature de maquereau des affaires. Un type adipeux, sourire onctueux figé sur les lèvres, une incisive en or, le cheveu gris raide de gel, un pantin de son dans un costard bleu pâle, cravate orange et chemise rayée, et des bagouses en veux-tu en voilà, au rabe de chevalières, le teint mat et un défaut de la peau du nez qui pelait, rose vif bien que l'on fût en hiver et qu'il ne revînt ni de la neige ni des Canaries, et finalement cette pelade mal placée, malgré ses paupières mi-closes de bœuf anémique, lui accordait, le temps d'un sourire enfantin, un air bonhomme probablement étudié pour tromper son monde. Eût-il été camelot, vendeur de parapluies à la sauvette, j'aurais affirmé qu'il bradait de la marchandise volée. Et je ne lui aurais pas donné deux balles pour un billet de tombola au bénéfice des bonnes œuvres de la paroisse : il avait une gueule à imprimer de faux billets de loterie. Et à se fabriquer une fausse carte de représentant en savonnettes « Canne blanche ».

Eh bien, malgré ce terrible handicap physique, ce monsieur vendait des maisons.

— Ah c'est vous le neveu, le prof de droit ?

— D'économie...

— Ah passionnant, l'économie !... Regardez le bâtiment, comme ça pulse !... Quand je travaillais à Paris, j'habitais près de la Sorbonne...

— Ah ?...

Le contrat de construction était foireux.

Achat du terrain lié à l'obligation de construire une Maison de Vos Rêves : illégal.

Échelonnement des versements au fur et à mesure de l'avancement des travaux dans des proportions supérieures aux réalisations effectives : très discutable.

Discutables aussi, les descriptifs sommaires qui indiquaient par exemple « chauffage central au fuel », « charpente traditionnelle », « carrelages et moquettes », sans autres précisions.

Et ainsi de suite. Le miroir aux alouettes...

Le miroir : sur papier glacé, le bel agrandissement couleurs de la maison témoin qui accompagnait ce ramassis d'à-peu-près et de fantastiques raccourcis.

— Dites donc, vous avez l'air de vous y connaître, vous !... Mais faut pas vous mettre martel en tête, la paperasserie, ça ne compte pas... Une seule chose compte pour la Maison de Vos Rêves : le contrat qualité-confiance !...

J'ai dit que je n'avais pas vu trace d'un tel contrat.

— Comment ? Mais il est affiché sur tous les murs du département ! C'est notre slogan !

— Ah ?...

— Que demander de mieux ?

Des descriptifs complets.

— On n'en donne jamais !...

Le ton changeait.

— Et M. Lenoir, notre président, estime que c'est du travail inutile quand on a affaire à des gens sérieux... D'ailleurs, il ne reçoit que sur rendez-vous...

En d'autres termes, il n'en accordait pas.

— Et puis votre oncle a signé.

Je lui ai exposé au moins dix motifs dont un seul suffirait à obtenir une annulation du contrat devant un juge des Référés.

— À vous de voir... Mais votre oncle a versé un acompte... Dix mille francs...

Le con. Un million de centimes. Toute sa trésorerie d'artisan menuisier.

J'ai fait observer à Bouche Molle que ce chèque était un acompte sur le prix du terrain et que la Maison de Vos Rêves ne pourrait l'encaisser qu'après régularisation de l'acte authentique.

— Oh là là, vous compliquez les choses !...

J'étais un emmerdeur, hélas pris entre l'arbre et l'écorce, entre l'obligation morale de soumettre au jugement de la Vieille les vices du contrat et le risque corrélatif qu'elle se rétracte dans sa coquille — à l'intérieur de son coffre-fort, les bras fermés sur ses gros sous. D'autre part, me taire expédierait l'Oncle, et tante Marjorie, au-devant de déboires peut-être pires que la remise en question de la construction.

Un ami avocat m'a fourni la solution : le terrain serait acheté et la Vieille, ainsi engagée, paierait les travaux qui ne seraient pas confiés à la Maison de Vos Rêves. Sur ce dernier point, mon ami avocat était catégorique : il se faisait fort d'obtenir sous quarante-huit heures l'annulation de l'engagement de construire.

La Vieille avait apporté l'argent en liquide chez le notaire. Louisa assistait également à la signature. Pour fêter l'événement, la Vieille nous invitait tous au restaurant.

Je venais de découvrir un élément nouveau qui justifiait la présence, à un triple titre, de

Bouche Molle. Il y avait trois sociétés : de construction (L.M.V.R.) ; de promotion (qui vendait le terrain loti) ; de négociation (une agence immobilière qui commercialisait le produit). Ainsi trois profits se cumulaient-ils sur le dos du même client. Une opération juteuse… J'avoue que je n'étais plus très sûr de moi. Pourquoi poursuivre une telle affaire ? Il aurait été si simple de chercher un autre terrain, ou une maison ancienne. Mais pesait là-dessus la force d'inertie de l'Oncle, son entêtement de gamin qui ne voudrait jamais se déjuger. Il avait donné sa parole à Bouche Molle, son pote de comptoir. Et puis c'était ce terrain-là ou rien du tout !…

Tante Marjorie n'avait pas voulu venir.

— Oh Will, je croise les doigts, mais c'est trop beau pour être vrai…

Je l'avais rassurée, sans pour autant lui dévoiler mon plan de bataille. À l'idée que le projet débuterait sous les mauvais auspices d'un contentieux — le procès en annulation — elle n'aurait pas dormi de la nuit.

La Vieille, impériale, s'est assise, l'œil mauvais. Le notaire, Maître Lemerre, était presque un jeune homme. Il avait rasé la bâtisse croulante de son prédécesseur et évoluait, très gravure de mode, dans des bureaux éclairés par d'immenses baies qui s'ouvraient sur des jardins intérieurs. Et la Vieille ne se plaisait tant que dans la poussière. Elle aimait jouer à cache-cache avec un vieillard, aussi gris et aussi pâle qu'elle, dissimulé à l'abri de piles de chemises à sangle. Voilà un vrai notaire !... Elle aimait, manière de vérifier la solidité de l'institution notariale, craindre l'éboulis de dossiers et la chute d'étagères bancales. Chez Maître Lemerre les archives étaient classées dans des locaux annexes. Son bureau, tout de chrome et d'ébène, était net et sur les rayonnages de sa bibliothèque les livres d'art étaient plus nombreux que les manuels de droit et les recueils de jurisprudence. Et, horreur, aux murs étaient accrochés des tableaux non figuratifs.

La Vieille a intensément dévisagé le jeune notaire puis elle a toisé et jaugé Bouche Molle qui souriait béatement, faussement endormi, paupières baissées comme un vieux crocodile vautré dans la vase.

— Qu'est-ce que vous faisiez, vous, avant l'immobilier ?

— Moi ? Mais j'ai toujours travaillé dans l'immobilier, madame...

— Où ça ?

— À Paris, chère madame...

— Vous les avez tous tondus, les Parisiens ?

Il a ri. Jaune. Il a allumé une cigarette. Elle a toussé. Elle se forçait à tousser.

— Et mal poli avec ça !

— Comment ? a balbutié l'autre.

L'Oncle lui a chuchoté :

— Ma mère supporte pas la fumée...

— Ah bon !...

Le notaire lui a tendu un cendrier. Bouche

Molle a écrasé sa cigarette et a remis le mégot dans le paquet.

— Eh bien, où en sommes-nous ? a dit la Vieille d'une voix criarde.

Nous avons tous sursauté.

Maître Lemerre a commencé d'expliquer l'acte de donation-partage établi par le notaire habituel de la Vieille. Elle lui a coupé la parole.

— Je sais, je sais… nous avons vu ça ensemble, Maître Cabon et moi… Il n'y a sûrement rien à redire, il connaît son métier.

Sous-entendu : mieux que les jeunes prétentieux.

— Montrez-moi les papiers du terrain ! Vous les avez examinés, William ? Qu'y a-t-il, vous n'avez pas l'air dans votre assiette, mon garçon ?…

À cette minute, je l'ai admirée, la Vieille. Seule contre tous, elle prenait son temps, lisait des phrases à voix basse, détaillait le plan de masse. Seul un cliquetis de machine à écrire meublait le silence avec de temps en temps le bruit étouffé d'une porte fermée par un rappel automatique.

Les deux mains de la Vieille ont claqué sur l'ébène du bureau.

— Bon, il te plaît ce terrain ? a-t-elle demandé à son fils.

— Le mieux placé du lotissement ! a dit Bouche Molle.

— Vous, je ne vous ai pas sonné !…

— Ben oui, m'man, Marjorie sera au calme…

M'man!... L'oncle macho pleurnichait m'man! Le brave petit garçon...

— Puisque tu le dis! Moi, je le trouve un peu loin de la ville, Marjorie devra apprendre à conduire.

— Il nous restera un peu de fric pour lui acheter une voiture...

— Et allons donc! On mange la grenouille avant de l'avoir pêchée... Et ça, qu'est-ce que c'est?

— Le contrat de construction, a dit Bouche Molle d'une voix mourante.

Elle a froncé les sourcils.

Elle a lu, elle a plongé dans les failles.

— Quoi? Qu'est-ce que c'est? Tu es obligé de traiter avec ce clampin?

Clampin... Un mot de l'Oncle... Ainsi tenait-il son argot de sa m'man?

— S'il vous plaît, madame, a dit Maître Lemerre.

— J'aimerais vous parler une minute, ai-je dit à la Vieille.

Nous nous sommes retirés dans la salle d'attente.

— Je savais bien que vous me cachiez quelque chose, William. Ce contrat est un torchon. Mon imbécile de fils est en train de se faire plumer. Il a dû dénicher cet ostrogoth dans un café... Il ne changera jamais...

Je lui ai expliqué ma tactique.

— Je vous crois, William, l'autre tordu (Bouche Molle) calera tout de suite. Mais mon fils ?... Il n'a rien dans la culotte, enfin si, de ça il a beaucoup trop, justement, pauvre Marjorie... Je veux dire qu'il n'a aucune envergure, alors pensez, une action juridique, il se saoulerait la gueule du matin au soir... Non, si je signe pour le terrain, il aura toutes les cartes en main et vous verrez il se laissera bouffer par les branquignols. Et vous et moi on restera le bec dans l'eau. Je n'aurais plus qu'à cracher au bassinet en priant le bon Dieu que cette boîte d'escrocs ne fasse pas faillite avant de creuser les fondations de la bicoque...

Dans le combat, elle avait un vocabulaire succulent et je ne m'étonnais plus qu'elle eût fait fortune pendant que son époux — je l'apprendrais plus tard — s'isolait dans un grenier où il reproduisait à la gouache les tableaux du Douanier Rousseau.

— Vous, William, vous voyez ça comme une formalité, un petit procès de rien du tout...

Nous sommes revenus dans le bureau du notaire.

— Je ne signe rien ! a dit la Vieille en boutonnant son manteau.

— Mais madame, la donation-partage..., a dit Maître Lemerre.

— Ça, c'est autre chose !...

Puis à l'Oncle :

— Viens, toi ! Heureusement que je suis encore là pour arranger tes conneries !

— Et l'acompte ? a dit l'Oncle.

— Il est perdu, a jubilé Bouche Molle.

— Cette andouille a versé un acompte ? William, vous me trouverez un bon avocat, ils le recracheront, cet acompte, croyez-moi !...

Toujours sur les conseils de mon ami, j'ai conclu une transaction avec le P.D.G. de la Maison de Vos Rêves. Le contrat contenait une clause assez habile touchant aux frais d'études et de dossiers. Sur ce point précis, un procès n'était pas gagné d'avance. On a coupé la poire en deux. L'escroc — c'en était un, l'administration pénitentiaire l'héberge depuis plusieurs années — m'a rendu la moitié de l'acompte. Grosso modo, l'Oncle avait perdu deux mois de revenus. Une perte sévère pour un ménage qui tirait déjà le diable par la queue.

Tante Marjorie faisait semblant de prendre cet échec avec philosophie.

— Oh Will, cet endroit ne me plaisait pas beaucoup... C'était très isolé... Et le permis de conduire et la voiture... J'aurais été cloîtrée au milieu de tous ces champs... Mais j'ai bien peur que maintenant ton Oncle ne veuille plus entendre parler de maison...

Le sujet deviendrait tabou.

Alors, Marjorie, elle repartait dans ses îles, elle me racontait la veine de l'isthme du sablier par laquelle l'eau suinte du réservoir de Miquelon dans les plaines de Langlade, l'île inférieure qui, sur la carte, est bien plus verte que celle qui l'abreuve. Sur Langlade poussent les résineux nains et coulent les rivières et les fleuves. La Belle Rivière prend sa source au sud de la Bouillée des Fourches. Les Fourches, les deux sources, simplement nommées Fourche Droite et Fourche Gauche, elles se rejoignent, se jettent dans l'Atlantique et sapent le soc de l'isthme à la pointe du Gendarme, entre le coin du Sable et l'anse du Gouvernement. À Miquelon c'était la chasse et à Langlade la pêche. Par la Dolisle, par le ruisseau Debons, par le premier et le deuxième Ruisseau Maquine, les truites de mer remontaient dans les étangs : des Nègres, des Graves, du cap Bleu, du Papillon, des Huit, des Voiles Blanches, oh Will, comme ça t'aurait plu, toi qui adores la pêche, il y avait des truites partout et ça semblait si facile de les attraper. Papa et oncle Victor de Saint-Pierre prenaient le caboteur et, sac au dos, s'enfonçaient dans l'île où ils restaient souvent deux jours quand c'était la saison de la truite blanche. Oh Will, ils n'oubliaient pas, tu peux en être sûr, leur bouilloire pour le thé. Ils grillaient des truites et ils en rapportaient de pleins paniers. Ils ne gardaient que les plus grosses, regarde… Retour de Langlade, l'ombre du photographe (oncle Victor) donne l'échelle : trente-cinq truites, entre la livre et le kilo. Oh Will, en souvenir de ce temps-là, ces statuettes, je te les offre. Par un illustre sculpteur qui a pour nom Buchot, ce sont deux figurines allégoriques, la Pêche et la Chasse, en métal creux sur socle de bois rouge. Le pêcheur — la Pêche ! — est un jeune page qui porte culotte bouffante et cuissardes souples et bonnet à plume, oh Will, c'est tellement pompier que ça finit par être beau, et papa en était si fier, tu penses, le premier prix d'un concours de pêche et d'un concours de tir… Et les capelans ? je t'assure ces petits poissons quand ils arrivaient la mer changeait de couleur, des bancs épais comme une couche de crème sur le lait, ils grouillaient, scintillaient, une couenne portée par le flux, jetée par le ressac sur la grave et il suffisait de ramasser la manne à la pelle, au sens propre, dans des seaux, et on les étalait sur des vignots, des grillages, à sécher et selon le temps on attendait un soleil ou deux soleils, oh Will quand il s'agissait du boucanage des capelans on ne disait pas un jour ou deux jours, on comptait en soleils. On ne les vidait pas. Ils perdaient leur graisse, enfin une bonne partie, et on les empilait dans des barriques. On les servait au goûter. Oh Will, capelans et thé, moi je n'ai jamais beaucoup aimé. D'ailleurs, papa et maman préféraient les déguster à l'apéritif. Papa les passait au four, ils se rabougrissaient et ces choses qui ressemblaient à des racines noires et tordues, oh Will, en guise d'amuse-gueule, c'était fameux, avec un verre de porto… Le homard, on le pêchait à pied, et les crabes, et les bigorneaux, et des coquillages qu'on appelait vignettes. Photo : Tantine et son homard, oh Will chacune de ses pinces était plus large que deux mains réunies… Après la pêche, oh Will, avant, après, je ne sais plus, tout le temps, on jouait au tennis et on lançait des balles contre le mur de zaspiakbatte, oui comme ça si tu veux, une espèce de pelote basque, tu le vois ce mur ? et là le Pain de Sucre, un monticule qui n'a rien à voir avec la montagne de Rio de Janeiro, et ça Will, cette sorte de colonne Vendôme, c'est le Feu Rouge, un amer…, ah et là Will l'immeuble du Câble, papa et l'oncle Victor travaillaient tous les deux à la Compagnie française des câbles télégraphiques, et si la petite fille Marjorie avait bien compris ces mystères, le bureau de Saint-Pierre était l'extrémité du câble qui partait de Brest et servait de relais à un autre câble qui enchaînait l'île au cap Cod. Les Anglais, aussi, possédaient leur bureau du câble : la *Western Union Telegraph*, mais on ne les fréquentait pas. Travailler dans un bureau était une formidable promotion sociale : bien que très aisés, pour rien au monde le grands-parents paternels de Marjorie n'auraient voulu que leurs deux fils prissent la succession de l'armement. Contre les aléas de la pêche et des cours fluctuants, l'installation dans un bureau avait tous les avantages de la fonction publique et les employés du câble n'étaient-ils pas des demi-dieux, coursiers aux pieds ailés reliant l'Ancien au Nouveau Monde, à la fois oreille et voix des îles ? Héritiers de deux navires de pêche qu'ils vendraient à la mort de leurs parents, propriétaires de leur maison, salariés, grand-père et oncle Victor avaient accédé au rang de notables. Ils pouvaient jouir des îles sans empester la morue comme bien d'autres. Et puis ils avaient épousé des femmes capables de tenir ce rang. Marie Beck, l'orpheline irlandaise, avait appris des Sœurs l'art de la table, la broderie, le chant, la poésie, le respect que l'on doit à son mari et la grâce des regards effarouchés. De Tantine, tante Marjorie ignorait tout, ou presque. Mais il ne faisait aucun doute que cette jeune femme appartenait à l'élite, malgré un caractère plus fonceur, moins femme d'intérieur : elle barrait seule le doris équipé d'une voile, gagnait des régates et, à l'occasion, tirait le cormoran et la perdrix, oh Will, elle savait tout faire de ses mains, et elle les sauverait tous de la ruine, plus tard, quinze ans plus tard, en France, après la guerre, la seconde, parce que la première, papa et oncle Victor la firent sur place, mobilisés au Câble, chargés de détecter les mouvements des sous-marins allemands qui venaient non loin des îles guetter les convois, oh Will, quand j'y pense, ils auraient pu finir comme tant d'autres, gazés ou éparpillés en morceaux dans les tranchées et je ne serais pas là à te parler, oui, malgré tout ce qu'on a pu souffrir, on a eu de la chance, beaucoup de chance, toujours, oh Will, toujours…

Ça y est, malade pour de bon, la Vieille est venue habiter chez tante Marjorie…

Ainsi qu'une voile qui faseye, son visage, bout à la mort qui se lève, s'est soudainement fripé. Ses paupières ont plissé, bordées d'un ourlet de plomb qui les tire vers le bas à la manière du liséré lesté d'un rideau. Son dos s'est arrondi et sa tête lourde, très lourde, dit merci, merci, merci comme les petits anges des églises. Jambes écartées et raides, elle s'appuie sur une canne et marche à la Charlot. Le souffle court, elle expire et inspire bruyamment.

Son cancer, elle le crie sur tous les toits.

On l'a opérée deux fois.

— Je n'ai plus rien entre les jambes, c'est lisse comme la peau de mes fesses… Heureusement que j'ai Marjorie… Mon autre belle-fille, elle me laisserait saigner à mort…

Elle chantait les louanges de tante Marjorie.

— Quand elle me fait mes soins intimes, je me le répète à chaque fois, heureusement qu'elle est là, Odette elle tombe dans les pommes dès qu'elle voit une goutte de sang, et Marjorie a une main, vraiment William croyez-moi, une main… même à l'hôpital, aucune infirmière…

La maison puait le désinfectant et ce cafard qui se traînait d'une pièce à l'autre en branlant du chef nous repoussait.

— Oh mes enfants, je sais bien que vous ne l'aimez pas, disait tante Marjorie, mais ne m'abandonnez pas, *en plus*…

La Vieille salissait des monceaux de linge et tante Marjorie passait des heures dans la salle de bains, agenouillée au bord du bac à douche, son lavoir.

— Oh j'en ai marre, marre ! être obligée de lui laver le derrière trois fois par jour, pensez si c'est ragoûtant, je sais bien que si moi, un jour… non au fond, je ne sais pas…

— Moi, je préférerais crever ! a dit Louisa.

La Vieille avait en banque une petite fortune mais il ne lui venait pas à l'idée d'acheter une machine à laver, pas plus qu'elle ne s'inquiétait du prix des steaks dans le filet ou des tranches de foie de veau qu'elle dévorait avec un bel appétit — preuve que tout pourrissait, sauf le système digestif.

Elle radotait. Un jour parlait de vendre tous ses biens et de tout donner à tante Marjorie, et le lendemain déshéritait ses couillons de fils au profit des Petites Sœurs des pauvres.

Les affaires de l'Oncle étaient catastrophiques et on ne pouvait accuser la crise car l'industrie du bâtiment ne s'était jamais si bien portée. La raison de ses mécomptes était simple : sous le hâbleur qui affirmait posséder à fond son métier se cachait un incorrigible cossard et j'allais moi-même mettre au jour ce défaut que nul ne soupçonnait.

Et qui parachevait le portrait...

À un vin d'honneur quelconque auquel m'obligèrent à sacrifier mes activités à la faculté de droit et de sciences économiques, j'avais sympathisé avec un entrepreneur en charpente et menuiserie qui faisait la pluie et le beau temps dans la moitié du département, raflait la part du lion des marchés publics mais aussi, en raison d'une excellente notoriété, traitait énormément de maisons particulières. Trop même. Tenu de respecter les délais impératifs des chantiers d'État, il négligeait ceux des pavillons. Il cherchait des artisans sérieux, en sous-traitance, et je lui parlai de l'Oncle. Les conditions étaient idéales : l'entrepreneur approvisionnait le chantier et, sitôt le travail terminé, réglait le sous-traitant.

Dès la semaine suivante l'Oncle obtenait son premier chantier et je fus le Messie et l'entrepreneur le bon Dieu. L'Oncle n'avait plus à se soucier de discuter les devis, de commander les fournitures, de payer les traites, d'encaisser l'argent, toutes choses pourtant banales qui le mettaient hors de lui et le conduisaient immanquablement au bistrot le plus proche. Il bénéficiait d'une certaine forme de salariat, avec la liberté en prime : liberté d'organiser ses journées et surtout liberté de s'enrichir rapidement s'il avait voulu payer de sa personne.

Et puis, au fil des semaines, l'Oncle redevint bougon et désagréable. Et, plus inquiétant, j'entendais tante Marjorie me parler d'un chantier qui aurait dû être terminé depuis belle lurette.

Un coup de fil de l'entrepreneur confirma mes soupçons. Nous nous retrouvâmes dans un bar du quartier des universités.

— J'ai un problème et je ne sais pas par quel bout le prendre... Votre oncle... Ça me faisait plaisir de lui rendre service, le chômage à son âge, c'est une vraie tuile... Il a eu le courage de repartir, de se mettre à son compte... Et il a le contact facile, là-dessus rien à dire... Au contraire, du boulot parfait, rien à dire non plus sur le premier chantier... Et pinailleur sur les détails !... Seulement, il n'est vraiment pas fait pour travailler seul. Il n'a aucune notion des délais... Pour tout vous avouer, ça ne va plus du tout...

En lui confiant un deuxième chantier, l'entrepreneur avait rappelé les normes : tant et tant de temps pour tel et tel boulot, et si l'Oncle voulait s'en sortir, il fallait qu'il les tienne, ces normes... L'Oncle avait trouvé des excuses et l'entrepreneur s'y était laissé prendre.

— Ah s'il travaillait aussi vite qu'il vous embobine...

Au troisième chantier — sa dernière chance — l'entrepreneur avait dû se rendre à l'évidence : l'Oncle était un incapable et qui plus est, un enquiquineur. Totalement inorganisé, il perdait des heures à résoudre seul une difficulté au lieu de demander un coup de main, se permettait de discuter avec les propriétaires, critiquait le choix des matériaux et, surtout, manquait de plus en plus d'assiduité.

— J'ai fait des sondages... Des jours entiers sans mettre les pieds sur son chantier... Et l'architecte qui me talonne et me réclame des indemnités de retard... Et, c'est un comble, votre oncle voudrait que je lui paie toutes ses heures alors que nous avions convenu d'un forfait, comme toujours en matière de sous-traitance. Et les artisans qui se défoncent y gagnent... Je vous avoue qu'une telle absence du sens des réalités m'a choqué de la part d'un ancien chef de travaux... Alors, je me suis renseigné, vous ne m'en voudrez pas... Le licenciement économique, c'était plausible, je savais que cette boîte avait dégraissé... Bon, vaut autant que vous le sachiez, le licenciement économique, c'est du vent... Votre oncle a été foutu à la porte, à cause de *ça*...

Ça, la rangée de bouteilles au fond du bar...

— On ne peut pas être en même temps au

boulot et au bistrot... Il est inconscient... Je suis obligé de lui reprendre le chantier... S'il ne buvait pas, à la rigueur, j'aurais pu l'embaucher comme ouvrier... Il connaît le métier et bien encadré, avec un contremaître sur le dos... Mais tel que je le connais maintenant, il ne supporterait pas ça et d'ailleurs moi, j'ai horreur des gens qui se piquent le nez... Et puis vous devez le savoir mieux que moi, il ne peut pas voir un jupon sans prendre la piste comme un jeune chien... Il a eu une drôle d'histoire de fesse avec la femme d'un client et j'ai eu beaucoup de mal à arranger l'affaire...

Privé de ce pain bénit, l'Oncle sombra rapidement dans une sorte de léthargie mélancolique et l'attente vaine du *CHANTIER*, de la *MAISON NEUVE* car dans sa superbe indifférence monsieur l'artisan refusait la bricole, le volet à réparer, la porte qui gondole, le coup de rabot, la serrure à changer...

— Chuis pas un clampin, moi !... J'ai construit des immeubles de douze étages, je vais pas me faire chier avec des portes qui grincent !... Tu me vois me promener dans le quartier avec ma burette d'huile comme un cureton avec l'extrême-onction ? Vous me prenez tous pour un con ou quoi ?... Si ton collègue avait été moins vache avec moi... Au fait, passe-lui un coup de fil, il me doit encore du blé sur le troisième chantier...

— Vous ne traitiez pas au forfait ?

— Forfait, forfait... et les impondérables, qu'est-ce que tu fous des impondérables ?

Tante Marjorie demeurait silencieuse et ses yeux me disaient : tu le sais, toi, pourquoi il a été licencié... tu le sais, toi, pourquoi on ne lui donne plus de travail.

L'Oncle continua de jouer le rôle de celui-qui-n'a-pas-une-minute-à-soi. Tôt levé, il partait *au travail* vers huit heures et revenait douze heures plus tard, douze heures dans les bistrots et chez des potes à qui il rendait de menus services contre de menus pourboires, gagnant ainsi, au moins, l'argent de sa biture quotidienne.

Les économies de tante Marjorie fondaient. En dernier recours elle accepterait de Paul l'architecte quelques billets qu'elle n'avait pas quémandés et l'Oncle, informé par Odette, lui filerait une trempe (« Je t'interdis d'accepter le pognon de cet enculé, je préfère bouffer des briques !... »), et la Vieille, enfin ! dénouerait les cordons de sa bourse et prendrait à sa charge le loyer et la nourriture. Et les couches pour adultes.

Tous comptes faits, ça lui coûtait moins cher qu'une maison de retraite quatre étoiles ou une garde-malade à temps plein.

L'Oncle mit à profit l'installation définitive de sa mère pour régler le contentieux qui l'opposait depuis sa naissance à la malédiction biblique : tu gagneras ton pain à la sueur de ton front… Assuré du vivre et du couvert, il jeta aux orties sa salopette d'artisan et miraculeusement perçut une allocation de chômage. Il pouvait voir venir. Il l'avait dit, il le répétait, à soixante ans tomberaient dans sa tirelire les substantielles trimestrialités de la retraite des cadres. Et à supposer que la présence de sa mère eût été une épreuve, il ne lui était même plus nécessaire de s'épuiser à grimper le long du mât de cocagne : presque à point, le magot se décrocherait tout seul et, gueule ouverte, il était comme le renard de la fable, avec cette différence qu'il ne flattait pas le corbeau, il attendait sa mort, purement et simplement.

Si ce n'était pas tout à fait le bonheur, ce modus vivendi avait cependant installé la paix. Touchée par l'humilité des grands infirmes, la Vieille se retirait dans sa chambre. Flo — je m'aperçois que je l'avais oubliée, mais ne voulait-elle pas qu'on l'oublie ? — avait largué son yachtman d'opérette et trouvé une place d'hôtesse à terre dans une compagnie aérienne brestoise. Le dimanche, en lui promettant un voyage, elle apportait à tante Marjorie son petit linge à laver.

— Ça l'occupe, non ? disait-elle à Louisa, il ne faut pas que ma petite maman s'ennuie… Et puis comme ça elle pense à moi…

En lavant ses culottes… Sacrée Flo, son culot et sa naïveté vous démontaient.

— Tu pourrais pas te dégoter un mec plein aux as, pas comme l'autre clampin, un vrai qui ferait une petite pension à ton vieux père ? disait l'Oncle en gloussant.

Elle le dégoterait dans le Midi…

Et Virginie ?

— Ma p'tite Ninie ! Encore un cake ?… Tu le soignes, hein, ton petit beau-frère ?…

Et Charlotte vint au monde. La Vieille lui fit cadeau de plusieurs poupées.

Oui, je revois ces jours intermédiaires, heures transparentes et printanières, comme l'eau d'un étang dans laquelle se reflétaient nos images immobiles.

Et soudain au beau milieu de ce miroir la Vieille a lancé un pavé :

— Puisque tu ne veux pas construire, il faut que tu t'achètes une maison… Je paierai ce qu'il faudra…

Il faut… Il faudra… L'Oncle était allergique au verbe falloir…

— Je veux plus d'emmerdes, chuis bien comme ça… Will, toi qui as le temps, occupe-toi donc de tout ça…

Lui servir une autre maison de ses rêves sur un plateau.

— Allons William, et vous Louisa, vous le ferez bien pour votre tante, lui chercher une maison…

À partir de là, tout a déraillé.

De plus en plus vite Marjorie s'enfuirait dans ses îles d'où elle n'entendrait pas la Vieille lui rappeler :

— Marjorie, ma fille, c'est l'heure de mon bain de siège…

C'était en 1931 ou en 1932, oh Will qu'importe la date, le malheur est arrivé du fond des mers, un tremblement de terre sous-marin, oh Will ça se dit tremblement de terre sous-marin ? quelque part sur les grands fonds de Terre-Neuve, je me souviens, j'étais avec maman dans la cuisine, il pouvait être quatre heures, quatre heures et demie, tu penses on devait préparer un gâteau pour le thé, je me trouvais près de la cuisinière, je l'ai entendue ronfler, comme un gros souffle, comme si on avait jeté sur le feu un verre d'alcool, une énorme bouffée, maman s'est précipitée pour fermer le clapet, on a pensé, sur le coup, à un feu de cheminée, à un retour de flammes et dans ces cas-là, tu sais, on coupe le tirage, et Virginie, oh Will, je ne me rappelle pas où était Virginie, au Québec peut-être ? oui, maman lui avait trouvé un stage au journal *La Patrie* où elle connaissait encore des gens, oh Will, ça fait un drôle d'effet, un tremblement de terre, tu as l'impression de partir en arrière, complètement ivre, toute la vaisselle a vibré dans le buffet, et c'était déjà fini. Déjà le grondement avait cessé. Eh bien ma fille, allons constater les dégâts, a dit maman. Quelques verres cassés, vraiment peu de chose. Dans d'autres maisons, des armoires avaient été carrément renversées, pas chez nous. Maman s'est signée en redressant le crucifix. Et puis, blanc comme un linge, essoufflé, papa est arrivé, s'est laissé tomber dans son fauteuil et a dit, le regard vide :

— Marie, le câble est coupé…

L'océan lui a répondu par une vague de deux mètres de haut, oh Will une grosse vague en tout cas qui a déferlé en claquant sur la grave, sur les doris et les cabestans, des embruns ont obscurci nos fenêtres et j'ai pensé que le poulpe de Terre-Neuve avait chassé son encre, oh Will tu ne trouves pas que sur la carte on dirait les tentacules d'un poulpe ?

— La sale garce, elle y a mis le temps à traverser la baie de Fortune, a dit papa.

Puis il a ajouté, fataliste, non, pas fataliste, écrasé sous le poids de la fatalité :

— Cette fois-ci, Marie, ils ne répareront pas…

Les avaries étaient fréquentes. Les fonds bougeaient. Les incidents se produisaient sans qu'on le sache, je veux dire que la terre ne tremblait pas à chaque fois. Mais moi, oh Will, petite fille, j'imaginais le fond de l'océan comme une casserole pleine de bouillie qui cloque, oh Will, c'était maléfique... Un bateau réparait le câble. Il s'appelait le *Geranec.* Mais cette fois-là, papa avait raison, la rupture était inquiétante. On n'a pas su tout de suite que c'était irréparable. Papa allait au bureau. Il communiquait par sans-fil avec le *Geranec.* Le câble était brisé dans les replis d'une faille abyssale, comme une vipère dans le bec d'un serpentaire.

— Ils ne réparent pas, ça coûterait trop cher. Le bureau ferme, nous sommes tous licenciés...

Tante Marjorie se souvenait de la réunion de famille qui avait suivi le verdict de la compagnie du Câble. Le câble était mort, on le pleurait. À l'extrémité du cordon ombilical coupé, on laisserait vagir les nouveaux chômeurs, et l'Amérique et l'Europe, mères indignes, leur préparaient en guise de langes le crêpe noir de la crise. Aux condoléances qu'ils recevaient dans la rue, dans les magasins, au Cercle, aux guichets des administrations, ils répondaient par des sourires navrés et, ainsi que la proche famille d'un défunt, ils ne pouvaient partager leur peine avec quiconque, ils étaient bien seuls dans le malheur. Tantine la décidée, la décideuse, fut la première à réagir. Certes, les deux familles possédaient d'importantes économies qui autorisaient quelques semaines de réflexion. Pourtant, afin de donner l'exemple, elle loua un pas-de-porte et ouvrit une petite boutique où elle se mit à vendre des chapeaux qu'elle fabriquait. Ce magasin avait le charme du provisoire, mais rien de plus. Il ne nourrirait pas quatre adultes et deux jeunes filles. Alors il fallut choisir entre l'est et l'ouest. À cinq heures de bateau, Terre-Neuve, porte d'or du Canada qui accueillait les immigrants; et à l'autre bout du monde, la France, la métropole que seul grand-père connaissait. Encore jeune homme, il avait eu une appendicite et le médecin de l'île l'avait envoyé à Paris se faire opérer. Oh Will, sûrement pas une appendicite aiguë, tu penses, une semaine et demie de traversée… Il avait été ébloui par la capitale, ses cinémas, ses théâtres, ses boulevards, sa foule et, en secret, il rêvait de revoir Paris. Grand-mère préférait Montréal, un pays neuf où il y avait, pensait-elle, du travail pour tout le monde. Tantine était également attirée par le Canada, son esprit d'aventure, et puis elle avait l'impression que les gens, là-bas, étaient plus entreprenants, plus vifs, autrement dit plus conformes à sa propre image que les Français de la métropole qu'elle se représentait lymphatiques et imbus de leur personne. Oncle Victor était indécis. Il suivrait le mouvement. Grand-père eut gain de cause. On compta l'argent, on se renseigna sur les embarquements, on décida d'une date. Avec l'argent de la vente des maisons et des doris on tiendrait le coup un bon bout de temps. Et puis grand-père et oncle Victor n'étaient pas des imbéciles, ni des tire-au-flanc, ils avaient leur brevet et ils savaient tout faire, peindre, tapisser, travailler le bois, réparer les moteurs, tout!

Oh Will, tu ne peux pas imaginer le déchirement que ça a été, de tout vendre, tout! papa ne voulait rien emporter, ou si peu, quelques livres, les bijoux de maman, les statuettes que je t'ai données, oh Will, un fonctionnaire a joué les commissaires-priseurs et notre maison du cap à l'Aigle a été envahie par une foule cosmopolite, des belles dames et de beaux messieurs, nos amis du Cercle, les narines pincées, oh Will ça c'était drôle, coude à coude avec des dockers, des marins, leurs femmes et leur marmaille avec des cloches au nez, et maman a été très digne jusqu'au moment où s'en est allé, poussé par une de mes petites amies, mon baigneur dans son landau, là elle a éclaté en sanglots et quand est venu le tour du piano, j'ai monté quatre à quatre l'escalier, j'ai claqué la porte de ma chambre et je me suis jetée sur mon lit en tenant serrées contre ma poitrine les partitions sauvées du désastre.

De la curée.

Tantine, mieux organisée, et possédant de l'émigration une conception différente de celle de grand-père (oh Will, un balluchon et des billets de banque cousus dans la doublure d'un bon manteau!) avait déniché des malles qu'elle avait remplies d'un bric-à-brac invraisemblable : catalogues, coupons, pelotes de laine, patrons, formes de chapeaux, épingles, aiguilles, bobines de fil, argenterie, porcelaine, bref elle ne laissa après elle que les meubles. L'oncle Victor fut autorisé — oh Will, je veux dire que Tantine lui fit de la place dans une malle — à emporter sa collection d'*Illustration*, ces luxueuses revues dont il nous ferait cadeau à la mort de Tantine, quand il ne pourrait plus lire, « vous aurez un souvenir », souvenir, oui, que je feuillette et que tante Marjorie, petite fille sage, dévorait dans le salon de Tantine qui avait un mal fou à lui expliquer pourquoi la cigogne ne déposait pas sur son perron un petit garçon, un petit bébé qui aurait été son cousin.

Oh Will, des malles, papa et maman auraient pu en emporter, mais papa s'en fichait et maman, désespérée, a été prise d'une rage froide, il fallait que tout y passe, que tout disparaisse, elle tirait un trait, elle brisait ses souvenirs... Avoir tout eu et tout perdre, quelle tragédie, sans un éclat de voix, sans une dispute, dans le recueillement, quand j'y pense, nous suivions notre enterrement, chacun retenait ses larmes et Tantine jouait le rôle de la parente qui ravigote, qui secoue les gens, qui dit la vie continue que diable !...

Oh Will, je comprends très bien l'acharnement de maman à tout détruire, vendre aux enchères quelle destruction ! oh Will, moi-même quand j'étais petite, j'ai toujours aimé peindre, et je devais avoir une dizaine d'années quand je me suis mise à copier et à décalquer des dessins d'animaux, des tableaux de *L'Illustration*, et un après-midi j'avais peint une biche, ou un daim, et j'en étais très fière, je n'avais pas triché, je n'avais pas décalqué, le soir je l'ai montré à Virginie et elle a éclaté de rire, mon dessin la faisait rire aux larmes, alors sais-tu ce qui m'a pris ? tous mes dessins, tous mes chefs-d'œuvre, je les ai brûlés dans la cuisinière et je pleurais, et je pleurais, et en même temps j'étais remplie d'une joie féroce car je savais que cela ferait plus mal à Virginie qu'à moi, qu'elle se sentirait affreusement coupable d'avoir ri, que la punir ainsi ce n'était pas trop cher payé, et elle a essayé de m'arrêter et je l'ai mordue, oh Will, oui, mordue…

Agences immobilières, notaires, annonceurs privés : nos recherches s'apparentaient à la quête du Graal. Pourquoi tante Marjorie ne nous accompagnait-elle pas ? L'Oncle le lui avait-il interdit ou bien était-ce à cause de la Vieille et des soins de tous les instants qu'elle exigeait ? Elle se dérobait avant même de piler devant l'obstacle, elle esquivait le rêve envolé sitôt touché, en espérant, au fond d'elle-même, puisque aussi bien ses goûts étaient les nôtres, qu'apparaisse au bout du chemin, resplendissante comme la Terre Promise sur les gravures pieuses, la maison qui satisferait à la fois l'Oncle et la Vieille.

Il était acquis que son avis ne compterait pas.

Ce qui n'avait aucune espèce d'importance... Si nous trouvions, elle trouverait... Si nous convainquions les deux monstres, elle serait convaincue d'avance.

Elle ne doutait pas de nous.

Et ne rêvions-nous pas aussi d'une maison de

caractère, si possible biscornue, mystérieuse et un peu effrayante, tapie au fond d'un jardin exubérant, couvant un âtre dans chaque chambre, une maison qui râle et qui grince, une maison vivante avec des allées moussues jonchées de pots en terre cuite, avec des haies de troènes et d'escalonias garnies comme des arbres de Noël de nids abandonnés, une maison où des pies curieuses viendraient frapper aux carreaux et agaceraient un fox-terrier couché, l'oreille basse, sur un large chapeau de paille qu'il aurait volé dans une véranda. Marjorie, notre soleil, lui aurait repris ce chapeau et, les mains croisées dans le dos, se serait extasiée sur nos livres, sur nos aquarelles fanées et elle se serait assise, oh Will je suis vannée ! au coin du feu et elle aurait continué de nous raconter ses îles.

Elle nous aurait invités chez elle.

Chez elle, chez nous... Oui, cette maison que nous lui avions trouvée deviendrait la nôtre...

Nous occupions nos samedis à courir les agences, à établir des fiches, à visiter, à comparer, à photographier au moyen d'un appareil à développement instantané. Et le dimanche nous accourions au rapport, après déjeuner, à l'heure du café, moment ô combien propice : gorgé du muscadet et du pastis de la belle Mado, vêtu de sa blanche chemise dominicale, repu et somnolent, l'Oncle était sinon attentif ou réceptif, du moins présent. Il condescendait à écouter d'une oreille distraite les ministres qu'il avait nommés par pure bonté. Tout en s'éventant négligemment, il chassait de ses pupilles les papillons noirs de la sieste en gestation. Nous étions ses bouffons. Et la reine mère, dont la cour savait qu'elle détenait le véritable pouvoir, feignait de laisser la décision au monarque tandis que l'épouse morganatique, à genoux, levait des yeux enamourés en direction du front plissé du souverain soucieux, guettant dans une sainte frayeur le moindre tressaillement de ses paupières, priant Dieu que le césar consente à apposer ses mains sur la tête courbée de la malheureuse.

Et moi j'étais l'égal, le prince d'un autre État contre lequel on ne veut pas entrer en guerre, le cher cousin respecté dont on admet la puissance tout en se méfiant de ses armées cantonnées d'un bout à l'autre de la frontière.

Le roi n'ayant pas formulé ses vœux quant à l'architecture de son futur palais, j'avais procédé avec méthode et logique, et adopté un crescendo de propositions à travers lesquelles nous tenterions de saisir la fugacité de ses désirs. J'avais retenu des maisons plus ou moins semblables à celle qu'il louait, mais en meilleur état. J'avais cru comprendre qu'il avait horreur de se singulariser.

Erreur !...

— J'en ai plein le cul de ce genre de turne... Tant qu'à changer, autant prendre quelque chose de bien, qui sorte de l'ordinaire, un truc qui ait de la gueule... Remarque, on est bien, ici, hein ma poule, dommage qu'elle soit pas à vendre, cette bicoque...

— Tu l'achèterais ? a dit la Vieille.

— Ben ouais !...

— Tu ne sais pas ce que tu veux... William vient de te proposer plusieurs maisons dans le même style, mais en mieux...

— En mieux, holà ! pas trop vite !...

— Tu dis toi-même qu'elle est pourrie, celle-ci...

— Ouais mais placée comme ça, on aura du mal à en trouver une...

— Placée comme ça !

À deux pas de chez Léa et à trois pas de chez Mado, *Au vin sans eau*...

— Ah et puis merde, arrangez-vous entre vous, moi je filerai le train à la smala !...

— Eh bien donne ton avis, alors, William te propose au moins dix affaires...

— Hon-hon, je vois rien... Continue p'tit gars, tu finiras bien par tomber dessus...

— Tu n'es pas simple, a dit la Vieille.

— Toi non plus, si t'avais voulu me le donner plus tôt, ce blé, je serais pas dans la merde jusqu'au cou...

Il ne voulait ni du neuf trop neuf, ni du vieux trop vieux, ni du moderne trop moderne, ni de l'ancien trop tape-à-l'œil.

— Oh Will, il le fait exprès, il ne sait même pas lui-même pourquoi, oh Will ce bonhomme me tuera...

L'agence se trouvait dans les vieux quartiers, en face de la prison et derrière l'ancien collège des Jésuites devenu lycée d'État. Une boutique décrépite dans l'ombre de laquelle on aurait vu plutôt un cordonnier perclus de rhumatismes poisser à l'ancienne une bobine de fil de lin, ou une mémère à bonbons à un franc sentant le guano séché de perruches empaillées dans une cage squattée par des colonies d'araignées.

Punaisées à un panneau d'aggloméré, quelques annonces jaunissaient en vitrine.

La bonne femme était accoutrée d'une blouse bleue de caissière de supermarché.

— Bonjour les enfants !... Jeunes mariés ? On cherche son petit nid d'amour ?... Laissez-moi vous regarder... Non, non, c'est très important, comprendre la psychologie du client... Pas marrant autrement... Ils arrivent la bouche en cœur, vous disent voilà on veut une maison comme ci ou comme ça, en ville pas en ville, on cherche, on trouve et hop c'est déjà terminé...

— Elle est folle, m'a chuchoté Louisa.

— Ah ! Ah ! Ah ! On vous a prévenus ?

— Prévenus ?

— La folle, on m'appelle la folle, mais je ne suis ni dingo, ni sourde... Ça ne fait rien... Attendez que je réfléchisse... Enseignants !

— Gagné ! a dit Louisa.

— Eh bien ça promet ! Les enseignants, ce sont les pires emmerdeurs, après les militaires... On y va !...

Alors?... a dit la Folle, les mains sur les hanches.

— Comment saviez-vous que ça nous plairait?

— Ah ça jeune homme, ça ne s'explique pas, c'est tout un art!...

Sous un toit à six pans, encadrée par deux cheminées monumentales, la maison était une réduction de manoir aux proportions idéales. Un escalier en pierres accédait à la porte principale en bois massif et le heurtoir en forme de poing venait d'être astiqué. Les planchers étaient fraîchement cirés.

— Les héritiers payent une femme de ménage. Elle vient une fois par semaine aérer et nettoyer...

Au fond du jardin dont le profil épousait les méandres, une rivière coulait, féline et voluptueuse. Des saules pleuraient sur les herbiers, chevelures des renoncules d'eau. Un pont menait à un chemin qui longeait l'autre rive. Le potager était entretenu.

— Un retraité du quartier... Je vous conseille de le laisser continuer. Vous aurez des légumes gratis et un jardin en état. Il s'occupe même des fleurs. Et il ne demande pas un sou...

Un jardin à l'anglaise, un désordre domestiqué, dans lequel les espèces foisonnaient : vrais et faux acacias, frênes, bouleaux, rhododendrons, une forêt vierge à l'ombre de laquelle parvenaient pourtant à fleurir des massifs d'hortensias.

— Alors?... Ah, le sous-sol!...

Il s'étendait sur toute la surface de la maison. Cimenté et en partie lambrissé, il était parfaitement sec, parfaitement sain, et on pouvait y garer au moins trois voitures.

L'escalier intérieur était en chêne et à elle seule la rampe chantournée valait une petite fortune. La plus belle pièce à notre goût était une chambre minuscule éclairée par un œil-de-bœuf qui donnait sur la verrière d'une remise qui ferait un jardin d'hiver. Nous avons compté cinq cheminées, toutes en marbre.

— Alors, c'est pas l'affaire du siècle?... Qu'est-ce qu'on dit à la Folle?...

Émerveillée, tante Marjorie le fut. Elle meublait la maison, alignait dans la verrière ses plants de géranium, installait son ficus dans le salon, brodait des napperons pour les tabliers de cheminée, hésitait à se choisir une chambre.

— Oh Will, et Flo?... Elle adorera la chambre à l'œil-de-bœuf... On la tapissera en liberty... Oh Louisa, je n'en crois pas mes yeux... Vous êtes bien sûrs que c'est le prix?...

J'avais cherché l'entourloupe. Inutilement. Il s'agissait bien d'une *affaire*, d'héritiers aisés qui avaient accepté sans broncher le prix fixé par la Folle.

— Et le chien!... Oh Will, le jardin est clos, on pourra enfin le laisser courir, ce pauvre...

Le chien ? Quel chien à ce moment-là ? Ah oui, l'épagneul, Félix...

La Vieille a visité. Sa rencontre avec la Folle a été épique. Round d'observation, regards peu amènes, moues dédaigneuses... Et puis elles se sont reconnues : elles parlaient le même langage, fric, et l'immobilier, c'était aussi la spécialité de la Vieille. La Folle lui a consenti une ristourne sur sa commission de négociation.

Restait l'Oncle...

— Ouais, ouais, quand j'aurai une minute à moi...

Il l'a trouvée, cette minute. En compagnie d'arsouilles, il a fait son état des lieux.

Son verdict a été sans appel.

— J'en veux pas, de cette baraque, on dirait le château de la Belle au Bois-Dormant...

Nous avons tenté de le convaincre, tour à tour, jamais ensemble, il aurait détesté avoir l'impression d'être cité à la barre d'un tribunal.

— Cette turne, elle est même pas isolée, on va se ruiner en fuel...

N'était-il pas menuisier, ne pouvait-il pas poser lui-même de la laine de verre ?

— J'ai jamais pu toucher cette vacherie, chuis allergique... Et la chaudière, quel âge elle a, cette antiquité ?

— J'en ferai installer une neuve, a dit la Vieille.

— Alors là, arrête, si tu commences à balancer notre fric par les fenêtres…

Et le jardin ?

— Faudrait virer tout ça, des nids à moustiques… Tu te rends compte le boulot ?…

Et le sous-sol, quel bel atelier de bricolage, non ?

— Parle-moi de ce truc, un vrai trou à courant d'air… Dans le salon du dessus, les nénettes ont intérêt à se coller des caleçons en laine, sinon attention le rhume des fesses, p'tit gars !…

Les planchers ?…

— J'aime pas le parquet… Y a rien de mieux qu'une chape en ciment sur plancher hourdis, avec une bonne moquette… Les planchers, c'est de la merde… Et va-t'en savoir si y a pas des capricornes là-dedans…

Le potager ?

— Pas question que j'aie un clampin sur le dos… Et d'ailleurs, qui c'est ce mec, un clodo ou quoi !

La rivière ?

— Justement, la rivière !… Heureusement que j'ai un pote qui connaît bien le quartier… En trente-sept, y a eu une inondation… Votre sous-sol, fallait un canot breton pour y aller… Ah non, je veux pas de ça, merde, une inondation chez moi !…

Tante Marjorie s'est levée, a décapsulé une bouteille de bière, a pris un chiffon et elle s'est mise à lustrer les feuilles du ficus.

C'est à compter de cette bouteille de bière-là qu'elle est devenue bizarre.

Bizarre serait l'euphémisme dont nous admettrions tacitement l'usage, Louisa et moi.

La Vieille s'est raclé la gorge, a ravalé des glaires et a dit d'une voix étrangement posée :

— Dis-le tout de suite que tu ne veux pas de mon argent...

— Ton fric, ton fric, c'est un peu le mien non ? Et si tu me laissais faire ce que je veux avec mon fric, hein ?... Chuis comme un clebs au bout de sa chaîne, en train d'attendre sa gamelle et pas le droit de dire un mot sur ce qu'il y a dedans...

— Ta gueule salaud ! a murmuré tante Marjorie.

Et sa voix était tellement basse qu'on s'est demandé si elle l'avait vraiment dit, ta gueule, salaud...

Discrétion, voilà le mot clé.

Discrètement, tante Marjorie s'est enfuie de l'autre côté du miroir sans tain. Inerte dans les plis froids d'une robe de bure, un léger sourire aux lèvres, elle nous regardait vivre et d'elle nous ne voyions qu'un profil immobile. Elle était la girouette au sommet du toit de la maison du bord de la rivière et elle guettait les navires à l'ouest et à l'est de l'isthme de Langlade. Elle se noyait et les courants l'emportaient dans un cimetière marin, au plus profond de la grotte du Grand Barachois.

Chaque soir, vers cinq heures, elle redescendait sur terre et accueillait Charlotte, notre petite fille, le piège que nous avions posé pour l'attirer au-dehors du miroir.

L'Oncle, à qui elle échappait insensiblement, avait tendu des filets d'une autre nature : les pigeons, les fameux pigeons, des douzaines de mondains qui roucoulaient, se grimpaient dessus, déféquaient sous la fenêtre de la cuisine où le maître avait construit la volière.

— Il faut qu'elle ait de l'occupation…

Marje, va donc donner à bouffer aux pigeons… Marje, va donc vider sous les pigeons… Marje, plume donc ces deux pigeons, on va se les bouffer ce soir…

Le regard légèrement halluciné, elle m'a confié, tante Marjorie :

— Oh Will, tu sais comment il les tue, ces pauvres bêtes ?… Il leur écrase la tête contre le mur… Là, viens voir, près de la fenêtre, toutes ces taches de sang… Et regarde comment ils sont, après…

La tête en bouillie, les yeux qui pendouillent…

— Il ne trouve pas que j'ai assez de choses à faire ?… Entre ses chemises blanches, ses chaussettes, les culottes de ma fille, la cuisine, le chien, le ménage, oh Will ils me prennent pour qui ?… Je suis *tellement* fatiguée… Je crois que Virginie a eu plus de chance que moi…

Elle a ri, ce rire fou qui nous prendrait au ventre, qui nous serrerait le cœur, jusqu'à la fin.

— Virginie, il lui est arrivé la même chose qu'à la Sainte Vierge… Elle a eu le gosse sans le bonhomme avec… Oh Will, tu te rends compte comme on serait heureuses si…

Si l'Oncle passait l'arme à gauche… Elles habiteraient la maison de Virginie. Ou peut-être rachèteraient-elles la maison de Huelgoat, au bord du lac ?

— Oh Will on irait tous les jours à la source du Styvel remplir nos bouteilles, comme pendant la guerre…

J'ai dit à Louisa :

— Je croyais que ton père était mort quand tu étais petite.

— Ah tante Marjorie t'en a parlé ? Il a largué ma mère… Un Américain, je crois…

Et puis un beau jour on a enterré la Vieille et Flo s'en est allée dans le Midi…

Parti du golfe de l'Alaska, les cales emplies de quarante mille caisses de pommes de Vancouver, le cargo mixte norvégien *Tiradentes* arrivait, via Panama, de Halifax où il avait chargé, solidement arrimé sur le pont, du bois de mine à destination du pays de Galles. L'escale à Saint-Pierre était exceptionnelle. Embarquaient six passagers qui occuperaient trois des huit cabines jusqu'à Southampton.

Du moins ce port avait-il été annoncé lorsque grand-père avait négocié la traversée. Mais quand ils remirent leurs billets au commandant, ils apprirent que le *Tiradentes* avait été dérouté sur Liverpool. Aussi grand-père, tout en s'extasiant sur l'état de la mer, oh Will le calme plat, occupa-t-il son temps à compulser un annuaire des chemins de fer britanniques et à mesurer leurs chances d'attraper à Southampton le *Princess Iéna* sur lequel ils avaient retenu le passage pour Le Havre.

Southampton, Liverpool, peuh!... Tantine,

avec son assurance et son insouciance, oh Will fausse insouciance, coutumières, répétait que ce détail était négligeable quand on laissait derrière soi une enfance, un métier, un toit, un bateau, des meubles, des amis et des morts dans le cimetière qui borde l'étang Boulot. Oh Will, les autres cabines étaient occupées par des Anglo-Canadiens qui nous prenaient un peu de haut, nous les mangeurs de grenouilles. Mais maman leur avait parlé en anglais, et Tantine aussi, un peu moins bien, elle ne cessait pas de les interroger, tu penses, d'anciens émigrants qui revenaient au pays pour je ne sais quel motif. Des gens de Vancouver!... Le Pérou, pour Tantine!... Ils jouaient au rummy, oncle Victor se concentrait sur ses mots croisés, Tantine tricotait, maman lisait et papa arpentait le pont du bateau, les mains dans les poches de son manteau, col relevé, le chapeau rabattu sur les yeux.

Liverpool! Oh Will, tu imagines? Non, tu ne peux pas...

Si, je la vois, Marjorie, son corps indécis de presque jeune fille, en long manteau marron à col d'astrakan, un chapeau cloche enfoncé sur la tête, un peu saoule encore des dix jours de mer, ébahie, bouche bée devant cette photo de *L'Illustration* qui soudain se met en mouvement sous ses yeux écarquillés, des trains, des trams, des flots de voitures et de trucks, d'immenses cheminées qui crachent des volutes de fumées noires, le fracas des roues d'acier aux jointures des rails, les hurlements des sirènes, les cris des dockers, un bourdonnement multiple qui lui emplit la tête, migraine d'effroi, et elle voudrait être dans sa chambre du cap à l'Aigle, s'enfoncer sous ses draps, respirer son odeur et écouter les battements de son cœur couvrir le mugissement des vagues qui s'engouffrent dans la passe, alors elle se bouche les oreilles, elle ferme les yeux, elle rouvre les yeux et elle aperçoit, oh Will, des arbres, de vrais arbres, pas des sapins rabougris couchés par le vent, et c'est à ne pas y croire, il y a des couleurs, et ces couleurs elles-mêmes sont bruyantes, oh Will, le bruit sortait des couleurs. Marjorie recule. Il faut traverser le boulevard. Tantine la prend par le bras. Non !... Oh Will, je ne voulais pas y aller, jamais on n'arriverait à traverser, j'avais beau essayer de me dominer, mes jambes refusaient d'avancer, les gens devaient se demander ce qu'on fichait là, ils ne pouvaient pas nous prendre pour des sauvages, on était bien habillés. Alors, cette fille était-elle folle ? Cette petite fille des îles qui n'avait pas vu la civilisation industrielle ?... Un bobby s'est approché, maman a plaisanté avec lui, elle lui a expliqué, il a ri, oh Will, un bon rire, pas méchant pour un sou, il a posé sa main sur mon épaule, oh Will il était immense ce bobby, il a arrêté la circulation et j'ai traversé avec lui, sous son aile, petit poussin complètement idiot, et j'avais l'impression que tous les conducteurs de trucks et de voitures se moquaient de moi et faisaient rugir leur moteur, attention, attention petite fille, on va te croquer… Le bobby m'a dit au revoir mademoiselle et vive la France et je lui ai répondu thank you very much sir. Alors il m'a dit en anglais ah jolie mademoiselle vous parlez l'anglais il faut rester en Angleterre et épouser un policeman…

Courir, chercher une banque où changer quelque argent, prendre les billets, récupérer les bagages à la gare et monter dans le train, ce merveilleux train qui lançait la comète Marjorie dans la saignée des Midlands : Stoke on Trent, Birmingham, Gloucester, Bristol et, enfin, les vertes campagnes du Wiltshire, Salisbury, les ponts de pierre sur l'Avon pour découvrir, au-delà du château du *Princess Iéna* prêt à appareiller, les blanches falaises de l'île de Wight, et le train encore, encore, encore, Le Havre, autres mystères, et la fin du voyage : l'enceinte fortifiée de Saint-Malo, immense coquille dans laquelle ils allaient s'enfermer, serrés les uns contre les autres, oiseaux tombés du nid dans un autre nid, oh Will, j'étais déboussolée, mais comme elle était heureuse, Marjorie, d'avoir survécu à tout cela…

Ce n'était ni par hasard, ni par détermination qu'ils avaient choisi Saint-Malo, mais par instinct. Saint-Malo c'était un port, c'était la mer, c'étaient les Malouins, ceux-là mêmes qui armaient les bateaux de Saint-Pierre et qui, ainsi, les rattachaient à l'île. C'était la Bretagne et seule cette province leur semblait capable de rivaliser avec la beauté sauvage de leurs îles. C'était la porte de l'océan et c'était le travail : pour eux les vents de mer étaient le souffle de la vie et la représentation du néant une terre coupée de l'Atlantique. Ils ignoraient tout des manufactures et du taylorisme. Calfeutrés dans leur éden, ils n'avaient jamais entendu parler de la crise, et le chômage, dont ils avaient lu la montée dans des revues américaines leur paraissait être une punition divine à l'encontre des fainéants, des incroyants, des communistes et autres rebuts d'une société en décomposition irrespectueuse du droit de propriété et de la parole du Christ. Grand-père et oncle Victor n'avaient pas douté un instant qu'ils trouveraient un emploi dès qu'ils poseraient le pied en France. Aussi, par courrier, de Saint-Pierre, grand-père avait-il loué intra-muros une villa meublée qui correspondait à leur situation de fortune du moment.

Oh Will, dans cette villa qui était immense et très belle, cernée par les murs de la vieille ville, Marjorie s'enfermait doublement. Il y avait un grenier, comme au cap à l'Aigle, elle retirait l'échelle de meunier afin que Virginie ne puisse monter, elle rabattait la trappe et, assise sur un tabouret imaginaire, elle jouait du piano, ses doigts couraient sur l'air, elle déchiffrait ses partitions et oh Will, tu penses que je *jouais* ça, *Home sweet home, Sweet bye and bye* et, oh Will, *The boy I left behind me,* oh Will le titre exact c'est *The* girl *I left behind me,* mais moi je changeais la fille en garçon, parce que j'étais amoureuse, oh Will comme on peut aimer à douze ans, il s'appelait Peter, il était mousse sur le *Miquelon*, un Canadien français, oh Will il avait un accent épouvantable, il traînait parfois sur la grave et c'était là, adossée à un cabestan, qu'elle lui avait accordé un baiser, oh Will un baiser d'enfants, les lèvres bien closes, oh Will qu'est-ce que tu me fais dire, et elle était tombée amoureuse de lui au cours de la traversée sur le *Tiradentes*, oh Will plus le cargo s'éloignait et plus je sentais que je l'aimais, et de Saint-Malo elle lui avait écrit des lettres que la distance enflammait.

Il n'a jamais répondu, oh Will, tu penses...

Maintenant, voilà que je mélange les semaines, les mois et les années... La belle villa intra-muros, ils n'y étaient restés qu'un mois. Grand-père et oncle Victor, après avoir en vain cherché du travail pendant ce mois, s'étaient repliés dans un meublé à peine convenable et on a joué grandeur et décadence, on a touché le fond, très vite : une maison vide, humide, pourrie, dont les cheminées étaient bouchées, oh Will j'ai eu froid, froid ! à Saint-Pierre on avait le chauffage central, et on l'a meublée, cette maison, à la va-vite, dans les Levitan de l'époque, des armoires et des tables en contreplaqué, des matelas et des sommiers achetés dans des salles de vente, papa et oncle Victor refaisaient les sommiers, Tantine et maman les matelas, elles cardaient la laine avec des broches de fortune, des planchettes en forme de battoir piquées de clous dont papa avec sectionné la tête, et Virginie, oh Will, pauvre Virginie, elle était transparente, tout juste si je me souviens d'elle...

L'Amérique avait contaminé l'Europe. Avec les Saint-Pierrais la crise avait traversé l'Atlantique. Elle était bien là, la pieuvre de la misère : grèves, chômage, guerre d'Espagne, agitation politique, provocations des extrémistes, oh Will je ne comprenais rien à tout ça, tout ce que je voyais c'était papa et oncle Victor qui se démenaient comme de beaux diables pour que nous ne crevions pas de faim. Tantine nous aidait, elle cousait à domicile et bien qu'elle pratiquât des tarifs dérisoires — aurait-elle eu des clients, autrement ? — ses petits travaux mettaient du beurre dans les épinards... Maman faufilait, elle ne savait pas couper. Tu verras, je te raconterai, c'est Tantine qui nous a sauvés. Et Virginie, oh Will, je repense à elle, je crois qu'elle ne tournait pas très rond, entre la vaisselle, la lessive et le repassage. Elle avait l'âge de se marier, mais en restant enfermée toute la sainte journée... Et si un homme l'avait touchée, elle aurait crié au loup...

Marjorie, elle, grandissait, de plus en plus jolie, de plus en plus vive, de plus en plus enjouée, elle était, oh Will c'est maman qui disait cela, le rossignol dans la cage, heureusement qu'on l'a, cet oiseau qui chante... Et qui décide de travailler, oh Will, j'en avais assez de l'école, et puis un sou était un sou, alors je me suis placée comme apprentie vendeuse dans un magasin de chaussures, *À la ville de Paris*, et sais-tu comment s'appelait la propriétaire ? Mme Pié, je t'assure, je n'invente pas. Quand je me suis présentée, elle m'a dit : « Vous êtes drôlement attifée, mademoiselle... » Tantine l'avait déguisée pour la circonstance : robe à volants, bas bleus, rubans partout, capeline, elle avait plus l'air d'une demoiselle habillée pour une garden-party que d'une fille de chômeur sollicitant un travail de pauvresse.

— Je vous verrais mieux sur une escarpolette qu'à genoux à respirer les odeurs des clients... Sûr que vous avez un autre genre que les idiotes qu'on m'envoie d'habitude... Et sachez que je n'accepte pas que l'on plaisante sur le nom de mon mari !...

Oh Will, j'étais fière, je gagnais un peu d'argent, je découvrais le monde et ça, ça va te faire rire, j'ai commencé à regarder les hommes par les pieds, et je me disais mon Dieu ce n'est pas possible que des femmes supportent cette odeur... Je te le jure, Will, il aurait parfois fallu se pincer le nez avec une épingle à linge... Oh Will, c'est drôle la vie, non ?...

Pendant ce temps grand-mère et oncle Victor, les bourgeois des îles, les messieurs cravatés des pique-niques, les pêcheurs de truites qui ôtaient leur canotier pour saluer l'objectif du photographe, les navigateurs intrépides qui barraient leur doris emmitouflés dans des mackintoshs matelassés, les joueurs de cricket et de hockey sur glace, les charmeurs du Câble, les chasseurs de cacaouis, les téméraires dompteurs de tobogannes, les partenaires au bridge du préfet rejoignaient les files de chômeurs dont ils avaient adopté la dégaine et la casquette basse sur le front, se louaient comme manœuvres, montaient les gâchées de ciment aux maîtres maçons, curaient les égouts, déchargeaient les morutiers et, oh Will, quand ils ne trouvaient rien, quand ils n'avaient rien trouvé depuis des jours, papa s'en allait le long des docks et prévenait : « Un de ces jours, je vais me foutre dans le port », oh Will, cette menace était épouvantable, je ne me souvenais pas d'avoir jamais entendu papa dire un mot de travers, alors se foutre dans le port, oui, à la douce Marjorie ces mots semblaient si forts qu'ils étaient un début d'exécution, et grand-mère qui pleurait en silence, et Tantine qui pédalait tout à coup comme une forcenée, l'œil rivé à l'aiguille de sa machine à coudre, et oncle Victor qui tirait bruyamment sur sa pipe, oui, tout lui indiquait que ce malheur arriverait.

Oh Will, je suis tombée malade, la typhoïde, j'ai frôlé la mort, comme si papa et maman avaient besoin de ça, et je crois que c'est à cause de ma maladie que papa a fait cette chose horrible, oh Will, tellement honteuse... C'était en 38 ou en 39, la guerre n'était plus très loin, les choses allaient de plus en plus mal, et papa lit un jour dans le journal que les gens du Câble, à Brest, sont en grève... Pas notre Câble, bien entendu, il n'a pas été réparé, mais un autre qui reliait Brest à l'Angleterre et qui appartenait à la même compagnie. À Saint-Pierre papa était syndiqué, oh Will, il n'a jamais été un rouge, mais il respectait les autres tout autant qu'il se respectait soi-même, alors, tu peux imaginer le dilemme, la torture, et oncle Victor, lui, refusait même l'idée de se renseigner, il commençait à avoir ce que l'on appelle pompeusement une conscience de classe, il avait transpiré avec les dockers, les fins de mois difficiles il connaissait, et papa et lui, s'ils n'avaient pas eu des femmes comme Tantine et grand-mère, économes et astucieuses, oh Will oncle Victor, pour les taquiner, les avait élues reines du pain perdu, ils se seraient pendus, peut-être bien, bref, ils n'étaient plus des petits-bourgeois de Saint-Pierre, au fond ça leur avait été bénéfique de toucher la misère, alors, trahir des collègues en grève ça semblait en dessous de tout, et pourtant papa n'a pas pu résister, il a téléphoné, et ça a été sa manière à lui de se foutre dans le port. Il a été embauché sur-le-champ, la plupart des grévistes ont été licenciés, papa a été nommé chef de bureau, la société a payé le déménagement et moi aussi j'ai été déménagée, oh Will maman riait, elle disait on déménage une fille qui déménage, ce n'était plus tout à fait vrai, je ne délirais plus, mais les voyageurs, dans le train, s'apitoyaient sur ma mine, et j'étais heureuse, heureuse, et maman un peu moins car Tantine et oncle Victor avaient décidé d'aller tenter leur chance ailleurs, Tantine travaillait de mieux en mieux, elle confectionnait des chapeaux formidables, et ils se sont installés à Huelgoat, un gros bourg tellement perdu que la guerre ne l'atteindrait pas, oh Will, c'est par eux que Huelgoat est entré dans notre vie, nous repartions tous du bon pied, oh Will Mme Pié…

La compagnie nous avait logés dans une maison du vieux Saint-Marc et nous renaissions : un port, un câble et un grenier où m'enfermer. Pendant plusieurs semaines papa est parti au travail avant le jour pour ne revenir qu'à la nuit tombée. Il craignait les représailles, rasait les murs… Et puis, comme tout le reste, ça aussi on l'a oublié et moi, oh Will, je suis retournée à l'école, tu imagines une grande bringue chez les Sœurs sur le même banc que des gamines à apprendre la sténo et la dactylo, je me voyais déjà secrétaire d'un grand manitou, au Câble, tiens, pourquoi pas, je te rappelle que je parlais l'anglais et à l'époque, ça ne courait pas les rues, une secrétaire bilingue, et de nouveau nous avions de l'argent, maman reconstituait son ménage, de nouveau elle chantait en ouvrant le four où cuisaient les *buns*, elle chantait *Moonlight on the Hudson* et j'allais chercher mon cahier de partitions dans ma chambre, je l'ouvrais sur la table de la cuisine, Virginie venait aussi et nous lisions les notes et maman nous prévenait : « *Moonlight on the Hudson*, attention mes filles, six bémols à la clé ! »…

Il ne lui manquait que son piano.

Oh Will, regarde, que serait-il resté de mon piano si j'en avais eu un ?

Sur la photo prise par Virginie posent grand-père, grand-mère et Marjorie. Les ruines de la maison fument encore. La guerre. Oh Will, ma vie n'aura été qu'une litanie de maisons vendues, abandonnées, bombardées ou jamais achetées.

Quelques semaines plus tard les Allemands prenaient la ville, coupaient le câble et renvoyaient les télégraphistes dans leurs foyers. Marjorie venait d'être embauchée aux Allocations familiales, un bon poste, en se serrant un peu la ceinture la famille aurait pu vivre sur son salaire, ils auraient pu rester à Brest, mais ces îliens qui ne connaissaient de l'armée que les quelques soldats en armes débarqués d'un escorteur — oh Will, le *D'Entrecasteaux*, pour quoi faire, à Saint-Pierre ? — ces pacifistes, plutôt que d'attendre le feu du ciel en chantant *Nearer my God to Thee*, n'avaient qu'une hâte : fuir cette ville qui allait attirer les avions alliés et rejoindre dans la forêt Tantine et l'oncle Victor dont le commerce marchait si bien qu'ils recherchaient de la main-d'œuvre, oh Will les retrouver à Huelgoat, une autre île, une île en pleine terre.

On entrait dans l'hiver. Depuis plusieurs jours une tempête de sud-ouest déplumait les arbres. Seul l'épais feuillage des chênes résistait encore.

Tante Marjorie n'allumait pas le chauffage. L'indemnité de chômage de l'Oncle ne le permettait pas.

La succession de la Vieille était en cours et le notaire, prudent, n'avançait qu'à petits pas : il se méfiait des deux héritiers en conflit, capables l'un comme l'autre de lui créer des ennuis auprès de la Chambre si jamais il commettait une erreur, si minime fût-elle.

En attendant, tante Marjorie grelottait de froid devant la porte fermée d'un coffre-fort bourré à craquer.

— Oh Will, il faut que je te demande un service… Tu sais que nous sommes dans une situation très difficile… Ton oncle…

Virginie, Louisa et moi nous lui avions cent fois proposé de l'aider. Elle refusait catégoriquement.

— Emprunter de l'argent? Oh Will ton oncle deviendrait fou furieux!... Il est bien assez énervé comme ça, avec son frère qui fait traîner la succession... Et Virginie, elle ne croit tout de même pas que je suis dupe de son manège...

Ma belle-mère, sous prétexte d'éviter à sa sœur la corvée des courses, apportait de pleins paniers de victuailles et quand Marjorie voulait régler ses dettes, elle n'avait pas de monnaie ou elle jurait ses grands dieux qu'elle avait déjà encaissé.

— Oh Will, qui aurait pu penser qu'on en arriverait là?... Regarde, je n'ai plus rien à me mettre... (Elle riait.) Toutes les femmes disent ça, je n'ai plus rien à me mettre, Louisa doit te faire le coup de temps en temps, oh Will, Louisa, elle aurait dû être ma fille, mais elle est un peu ma fille non ? Oh Will, cette fois c'est vrai, je n'ai plus rien à me mettre, le chien s'est détaché et il a bouffé tous les vêtements dans la penderie. Il a bouffé mon manteau, oh Will, un manteau qui avait au moins dix ans...

Le chien, le fauve, troisième clébard, troisième période, l'alcoolisme, les bitures, la dèche, le magot de la Vieille bloqué chez le notaire...

— Je l'ai pris à la S.P.A., Marjorie se sentira plus en sécurité... Avec tous les rastaquouères et les pingouins qui se promènent dans le quartier, on sait jamais...

Faux prétexte dans une ville où un Noir est encore montré du doigt par les enfants qui découvrent qu'ils ne sont pas une invention de la télévision.

Besoin de changer d'esclave au moment où tante Marjorie adoptait la défense passive : silences, grève de la chemise blanche et grève sur le tas à la cuisine.

Besoin de dominer, nécessité de dompter, retour aux fantasmes de ses vingt ans.

Pour décrire ce chien, la comparaison s'impose avec les fauves du zoo d'un cirque, je précise bien d'un cirque, c'est-à-dire ces fauves enfermés dans une cage exiguë où ils tournent en rond en grognant.

Dans l'angle le plus sombre du sous-sol, le Fauve avait sa litière et il était enchaîné à un piton que n'aurait pas arraché un cheval de trait. Il fallait allumer pour le voir et l'ampoule nue au plafond éclairait alors ses yeux de lueurs vertes. Il retroussait les babines, rentrait les épaules, s'aplatissait, prêt à bondir, félin, tigre, jaguar, énorme chat sauvage. Oui, il tenait plus du chat que du chien. Bien que ses oreilles eussent été taillées en pointe, elles étaient en permanence rabattues en arrière, signe de la férocité annonçant l'attaque. Seul l'Oncle pouvait l'approcher, et encore, sous la protection d'un fouet. L'Oncle faisait claquer son fouet et gueulait : « Couché ! Couché nom de Dieu !... » Sans quitter du regard ni son maître ni le fouet dont il essayait parfois de saisir entre ses dents la lanière, le Fauve se couchait. L'Oncle conviait des spectateurs à ces séances de domptage. Invariablement, le Fauve, acculé dans l'angle, se rendait. Alors l'Oncle lui donnait son bras autour duquel il avait enroulé un sac de jute, il lui donnait son bras à mordre et le Fauve mordait. Le fouet était levé, prêt à cingler les yeux et le museau si la morsure devenait trop puissante. L'Oncle devait quitter la tanière à reculons et lorsqu'il abaissait son fouet le Fauve se jetait dans sa direction et la chaîne brusquement tendue le tirait en arrière, à lui briser la nuque. Puis il avalait sa viande crue sans la mâcher, un vrai boa. Quand tante Marjorie était de corvée, et elle l'était plus souvent qu'à son tour, elle utilisait un balai pour pousser la gamelle à portée du chien. Le Fauve aurait dévoré un gosse. Charlotte... Malgré les portes du sous-sol fermées à double tour, nous n'étions pas rassurés.

— Je le baiserai, ce putain de clébard... Il me léchera la main... C'est pas un chien qui va faire la loi ici...

Patiemment, le Fauve attendait son heure, l'ouverture, la garde basse du fouet.

L'Oncle eut une chance inouïe : au lieu de la gorge, qu'il convoitait, le Fauve referma ses mâchoires sur le gras de l'épaule.

— Bordel, heureusement que j'avais mon briquet... Il n'aurait jamais lâché le morceau autrement... J'ai été obligé de lui griller le museau, à cette saloperie...

On ne connaît qu'un sort aux esclaves qui se révoltent.

— Je l'ai baisé avec un bout de bidoche... Je l'ai collé dans le coffre, une muselière sur la tronche et un bon bout de corde autour du cou. Et hop direction la cambrousse... J'ai creusé le trou. J'ai balancé la viande dans le trou. J'ai enlevé la muselière. Je lui avais pas donné à bouffer depuis trois jours. Il a sauté dans le trou et je lui ai filé deux balles à ailettes dans la carcasse... Restait plus qu'à refermer le trou... Baisé mon pote !...

— Oh Will, je me suis décidée à les vendre...

Vendre quoi ?

— Quelque chose que je ne t'ai jamais montré...

C'étaient deux panneaux de bois dur, des carrés d'environ trente centimètres de côté.

Des icônes.

L'une représentait le martyre de saint Jean-Baptiste, l'autre l'Assomption, charmante celle-là, couverte d'angelots roses et bleus dans des nuages en guirlandes. Les icônes étaient les fragments d'une immense fresque.

— Oh Will, ton oncle ne sait rien au sujet de ces icônes... Pendant la guerre nous logions deux officiers allemands... Ils avaient réquisitionné un étage... Ils étaient gentils et beaux garçons... Lorsque les résistants sont sortis des bois, ils m'ont donné ces peintures en me disant qu'ils allaient probablement mourir…

En Russie, les gentils Allemands de tante Marjorie avaient violé, assassiné et pillé. Les tableaux venaient tout droit d'une église orthodoxe saccagée et j'ai imaginé la représentation naïve de l'Évangile volant en éclats sous les coups de crosse et les officiers se partageant les icônes près du corps supplicié d'un pope à l'agonie qui psalmodie des prières en attendant le coup de grâce.

— Oh Will, ça ne doit pas valoir grand-chose… Mais toi qui connais des antiquaires…

J'ai vu un antiquaire.

— XVIe-XVIIe… oui, j'ai des clients pour ça…

Il m'en a offert une belle somme, trois fois le Smic, un peu vite, c'était trop ou pas assez. Il était clair que de peur de rater l'affaire il avait frappé fort, plutôt que de prendre le risque de chipoter (« Ça n'a aucune valeur, mais pour vous rendre service, deux cents francs la paire… »).

J'ai montré les icônes à un commissaire-priseur.

— Ah c'est pour Drouot, je m'en occupe, si vous voulez…

Tante Marjorie n'a pas voulu. L'antiquaire a eu les icônes et tante Marjorie son manteau. Il a fallu mentir à l'Oncle, dire que le manteau appartenait à Louisa, qu'il ne lui allait plus.

— Fais donc gaffe, Will, les greluches, elles nous mettront sur la paille…

Tante Marjorie a caché le reste de l'argent, pour le voyage qu'elle espérait tant : aller voir Flo dans le Midi...

Dans le pique-fleurs *Viking plate made in Canada,* j'ai marcotté ce mot et il me donne des fleurs de soie : discrétion. Je le reprends, ce maître mot qui préside à la destinée de ceux que je n'ai pas assez aimés. Discrétion, il est facile de lui accoler des synonymes : retenue, délicatesse, dignité, réserve, pudeur. Mais dans ma mémoire tous ces mots n'expriment qu'un regret, celui de n'avoir pas su les écouter plus longuement.

Eux : grand-mère, Tantine et oncle Victor.

Nous aurions dû vivre chacune de leurs heures. Elles nous auraient enrichis.

Par bonheur, avec tante Marjorie, je n'ai pas commis la même erreur. Encore que sa mort ait démontré notre imprévoyance, notre impuissance et notre égoïsme. Quelque part, nous sommes coupables.

Nous avons acheté la maison du bord de la rivière et j'aurais préféré que ce fût par la grâce d'une incantation : en souvenir de moi, votre Marjorie, vous irez vivre au bord de la rivière…

Et je désire, dans les intervalles crépusculaires propices à l'émotion, tisser un cocon de plaintes nostalgiques et, enfermé dans mon bureau sous le toit, colorier les visages saisis en noir et blanc et qui s'inscrivent dans la lucarne ovale, médaillon encore, insondable, ouvert sur la nuit.

Oh Will, et Flo ?... Elle adorera la chambre à l'œil-de-bœuf...

Je n'ai pas connu grand-père. Avant que j'aie pu voir en lui autre chose qu'un grabataire que grand-mère soignait comme un enfant, une seconde congestion cérébrale l'a terrassé.

J'étais jeune et con, cette mort ne m'a pas touché.

Grand-mère, Tantine et oncle Victor vivaient, à l'écart, du grignotage du maigre capital qu'ils avaient retiré de la vente de l'atelier de tissage de Huelgoat. Le bon Dieu les aurait réduits à l'indigence s'il en avait fait des centenaires. Pour rien au monde ils n'auraient accepté d'être à la charge de leurs filles ou de leurs nièces. Leur quartier était celui du port de guerre, probablement parce qu'il y avait là des immeubles sans confort dont le loyer était modique, mais aussi parce qu'ils étaient au bord de l'océan — pas au bord de la mer, non, de l'océan qui seul les séparait de leurs îles, là-bas, de l'autre côté de la ligne d'horizon.

Ils n'ont jamais été des petits vieux.

Et même la maladie leur épargnerait, à tous trois, la déchéance physique, la souffrance et la honte des soins qui n'en finissent pas.

Ils habitaient rue des Cieux un rez-de-chaussée dont une fenêtre s'ouvrait sur un jardinet créé par l'extraordinaire capacité de Tantine à enjoliver les choses. Sur cet espace normalement réservé aux poubelles, elle avait fait apporter de la terre végétale. Des plantes aromatiques — fenouil, romarin, persil, thym — bataillaient pour en retirer la substance qu'elles disputaient aux pivoines, aux tulipes et aux dahlias dont les pétales repoussaient la poussière de la rue. Ce jardin était sous globe, palette de couleurs en haut d'une rue grise bordée d'arbres nains à tête ronde, gnomes qui glissaient vers le port et disparaissaient sous le portique formé par les cylindres et les conduits gigantesques d'une raffinerie d'essence.

Tantine revenait du supermarché et nous marchions à sa rencontre. Ce jour-là, elle ne portait pas un de ses chapeaux qu'elle fabriquait elle-même, qui mouraient et renaissaient sans cesse de la forme de feutre originelle, qui changeaient d'ornements aussi fantasques que son imagination — fruits, fleurs et faveurs — mais un simple béret. Sourcils froncés derrière ses lunettes rondes, elle me fixerait, d'abord. Puis elle allongerait le cou. Oui, c'est Louisa, notre Louisa… Elle en conviendrait, et sans que son visage perde son expression attentive (pas étonnée, attentive), elle foncerait sur nous, dinde en colère des dessins animés, très petite fille dans ses escarpins à boucle dorée, très collégienne sous son béret corail, oui elle se dandinerait jusqu'à nous et elle nous embrasserait de deux coups de bouche si brusques que nous en serions tout secoués.

— Ah c'est vous les enfants, eh bien il faut que je retourne acheter deux steaks... Grand-mère va être ravie!... Et votre oncle!... Bon, vous connaissez le chemin...

La sonnette était une sorte de timbre de vélo dont il fallait tourner la manette.

Oncle Victor était grand et mince. Il prenait grand soin de sa personne : sur une chemise claire et cravate, il portait en été un gilet sans manches et en hiver un paletot bleu marine. Ses cheveux blancs étaient souples, fournis et suffisamment longs pour montrer son indépendance à l'égard des conventions. Son élégance lui interdisait les infâmes charentaises : il chaussait des mocassins de cuir. Son visage était étroit et ses lunettes à monture en écaille lui donnaient un petit air d'homme d'affaires américain. Et de cet acteur, oui, américain — Gregory Peck ou Gary Cooper? — il possédait le regard timide, le dos légèrement voûté et cette allure de grand garçon un peu gauche et terriblement séduisant.

Ils mesuraient la valeur du temps.

Oncle Victor se levait le premier et préparait le petit déjeuner. C'était tous les jours dimanche. Ils buvaient du thé de première qualité et ils respectaient scrupuleusement l'étiquette anglaise. Tantine faisait sa propre marmelade d'oranges. Le journal était distribué par porteur. Tout en écoutant la B.B.C., oncle Victor commentait les nouvelles du jour, Tantine reversait de l'eau sur le thé, recoiffait la théière et ils s'attardaient. Il était dix heures. Tantine se pomponnait, oncle Victor s'habillait de frais. Tantine consultait ses fiches de cuisine et décidait du menu du déjeuner et du dîner. Tandis qu'elle faisait ses emplettes, oncle Victor roulait dix cigarettes d'un tabac américain qu'un débitant commandait spécialement pour lui.

— Voyez-vous, William, j'ai horreur du tabac brun et à Saint-Pierre je ne fumais que des blondes. Mais en France je n'ai pas trouvé de cigarettes blondes, roulées, qui me conviennent. Alors, je roule ce tabac à pipe, vraiment blond, un virginie très corsé…

Il roulait ses cigarettes pour la journée et les rangeait dans un étui en métal argenté.

— Voilà plus de vingt ans que je fume mes dix cigarettes par jour, jamais plus, jamais moins… Et je ne tousse pas.

Il fumait voluptueusement sa première cigarette vers onze heures en déflorant les mots croisés de son quotidien.

— Le tabac, certainement que ce n'est pas bon… Mais je crois que chacun doit trouver un équilibre, une sorte de capacité d'élimination de son organisme qu'il ne faut surtout pas dépasser...

En cas de difficulté particulière, il découpait les mots croisés et les reprenait dans l'après-midi.

Il était temps de mettre le couvert. Tantine et grand-mère s'affairaient à la cuisine. Les repas étaient répartis *géographiquement* : le petit déjeuner à la cuisine, le déjeuner dans la salle à manger ainsi que le five o'clock, et le dîner au salon, tout cela sur une table à jeu à manivelle qu'on déménageait d'une pièce à l'autre et dont le plateau était baissé ou monté selon le repas. Pour le dîner, elle se trouvait en position basse, devant les fauteuils. Sur la nappe Tantine disposait des sets en carton illustrés de scènes de chasse, de pêche, de la vie d'autrefois, et sous les verres des napperons assortis.

Ce cérémonial était la négation de la routine.

Oui, comme je regrette notre avarice. Nous étions chiches de nos visites et ils avaient trop de savoir-vivre — de retenue, de délicatesse, de dignité, de réserve, de pudeur...

Ils ne se plaignaient pas.

Huelgoat, île boisée, chaos de roches fracassées au creux desquelles se cachent les lutins, les fées et les chimères, citadelle cernée par mille ruisseaux à truites et trois rivières — l'Aulne, le Fao et la rivière d'Argent — au beau milieu de la vallée fertile qui sépare le désert d'Arrée de la Montagne Noire (Oh Will, à Saint-Pierre nous avions aussi notre Montagne Noire...), et qui s'étale à l'ouest sur la langue du dragon breton dont les naseaux soufflent les tempêtes dans le raz de Sein et le couloir d'Ouessant, oasis où quelques voyageurs fortunés et excentriques, venus en voiture à cheval, s'amusaient à canoter sur l'étang — pardon, le lac ! — étape forcée pour les bécasses envolées des bois prussiens en direction de l'Irlande, station d'un chemin de fer à voie étroite chauffé en hiver par un poêle au centre des wagons, pays de neige et de frimas quand les mimosas fleurissent à Bénodet, oui cette île sur la terre rappelait les îles du Grand Nord. Les Mornes, c'étaient les étendues tourbeuses et les broussailles hirsutes du *yeun*, le domaine des revenants qui errent dans les brumes ; les Gnoufs, ces paysans qui ne parlaient pas un traître mot de français ; les graines, les myrtilles, oh Will, on en ramassait de pleines bassines, pas des pots, des bassines, c'est bien simple on s'asseyait auprès des buissons sur un bout de toile cirée et rien qu'en picorant autour de soi, sans même se relever, il y avait de quoi faire des kilos et des kilos de confiture, oh Will comme à Saint-Pierre... Bien sûr, ils étaient orphelins de l'océan, mais les coups de vent sournois qui écrêtaient la houle couchaient les herbes hautes des prairies marécageuses en éveillant la couleuvre, la vipère et l'orvet. Sur cette île dans les bois les exilés faisaient figure de coloniaux dont l'accent et les mots étranges qui leur échappaient parfois inspiraient une espèce de méfiance respectueuse. Et puis ils forçaient l'admiration. Ils étaient industrieux. Ils inventaient. Ils créaient. La maison de Tantine et d'oncle Victor se trouvait en face de l'hôtel d'Angleterre — cette Angleterre qui nous suivait partout, oh Will, décidément. Cet hôtel avait une solide réputation outre-Manche et les faveurs d'une agence de voyage britannique qui le recommandait aux aristocrates pêcheurs à la mouche qu'on voyait, dès le mois de mai, traquer le saumon et la truite sur les berges de l'Aulne. Oh Will, j'ai honte de le dire, mais si tu ne tiens pas compte des difficultés matérielles, le rationnement et les ennuis de l'Occupation, la guerre qui nous réunissait tous a été une période de bonheur intense. Imagine d'où nous sortions : des docks de Saint-Malo où papa voulait se flanquer à l'eau, d'une trahison qui le minait bien qu'il fît son possible pour nous le cacher, d'un bombardement, oh Will c'est ma punition disait papa, et puis voilà nous étions de nouveau dans un abri, nous avions reconstruit notre univers... La maison de Tantine était une véritable ruche. Il y avait des métiers à tisser partout, des mannequins aux quatre coins des pièces, des formes à chapeaux, oh Will c'était formidable. Tantine s'était installée comme couturière et chapelière, et oncle Victor, un peu pour s'amuser, s'était mis à tisser des écharpes sur un métier minuscule. Et les écharpes se vendaient. Alors ils ont acheté un vrai métier et ils ont tissé des couvertures, des manteaux, des vestes. Tantine dessinait les modèles. Au plus fort de la pénurie, ils ont eu une idée fantastique : tisser la laine des vieilles choses qui dorment dans les cartons chez tout un chacun. Des gens venus de tous les hameaux alentour leur apportaient des pulls, des bas, des chaussettes. Et il fallait défaire tout cela, mettre en pelotes. C'était le travail de papa, de maman et de Virginie. Moi aussi, bien sûr, je donnais un coup de main. Mais je préférais l'hôtel d'Angleterre. On m'avait embauchée à la réception. J'y avais une chambre. Nous habitions à quelques kilomètres de Huelgoat, à Locmaria-Berrien et nous avions une jument et un char à bancs. Oh Will, j'oublie le plus important… À l'hôtel d'Angleterre il y avait un piano, alors laisse-moi te dire, tout mon répertoire y est passé, de *Mary's pet* à *Hannah's promenade*, avec en prime *The battle of Waterloo* et sans oublier *Love is like a dainty flower*, oh Will, je t'embête, j'ai l'impression d'être une abominable radoteuse… Les Allemands, oh Will on ne pouvait pas faire autrement que de les voir, à cause des deux officiers chez Tantine, oh très discrets, très courtois, ils ne gênaient pas, deux locataires bonjour bonsoir, n'empêche qu'ils pourchassaient et fusillaient les résistants, mais l'idiote que j'étais ne pensait pas à cela, je les idéalisais, les Boches de Tantine et ceux de l'hôtel d'Angleterre, et d'ailleurs, oh Will, tu ne peux pas savoir le coup que ça m'a fait quand…

Quand l'Oncle est apparu…

La pétarade dans les bois, les mitraillettes aboyaient comme des roquets, coups plus sourds des fusils et encore plus sourds des mortiers, quelques panaches de fumée blanche de l'autre côté du lac, les gens étaient dehors, les gens étaient dedans, personne ne comprenait rien, oh si, Will, on comprenait que c'était la fin, les Boches battaient en retraite, les hordes de résistants jaillissaient des forêts, anges noirs exterminateurs, et puis la rumeur a couru, venue de la route de Brest ou de celle de Carhaix, ils sont partis, il y a eu des morts des deux côtés, le fils Lozachmeur a été tué ! Oh Will je me suis réfugiée dans l'hôtel d'Angleterre et j'ai joué *Nearer my God to Thee*, c'est bête non ? et puis dans la rue des gens ont crié les voilà ! ils poussaient devant eux, canon dans les reins, des soldats allemands mains sur la tête et d'autres, qui avaient eu moins de chance, bringuebalaient dans une charrette à bras que tirait un grand costaud, oh Will trois cadavres dans la charrette, un Allemand que je n'avais jamais vu et les deux officiers qui habitaient chez Tantine, et celui qui m'avait donné les icônes, oh Will il était… il avait reçu je ne sais combien de balles, des dizaines, dans le cou, dans la poitrine, dans la tête, dans le ventre, dans les jambes… et son sang dégoulinait, gouttait du fond de la charrette… Et sur deux files les résistants remontaient la rue de Locmaria, fusil levé, menaçants, prêts à tirer, la charrette s'est arrêtée au bas de l'escalier de l'hôtel, l'homme a lâché les bras qui se sont levés d'un coup à la verticale, le cul de la charrette a raclé le sol et les trois cadavres ont glissé dans le fond, oh Will l'un d'entre eux a basculé, la tête pendait sur la route et ses jambes sont restées accrochées, les résistants se sont regroupés, certains se sont assis sur les marches de l'escalier et puis celui qui avait l'air d'être le chef, il avait une mitraillette, a dit qu'il réquisitionnait l'hôtel, et puis il a désigné quatre hommes et leur a donné l'ordre de prendre les papiers d'identité des cadavres et d'aller les enterrer.

Il a dit :

— Prenez donc des pelles et des pioches les p'tits gars et foutez-moi ça dans le trou !…

Donc, c'était l'Oncle et son *donc* comminatoire.

Il était grand, il était beau, il sentait bon le sable chaud, oh Marjorie, tu ne m'as pas raconté la suite, quelques mots seulement, quelques bribes échappées du panier percé de ton chagrin quand tu me téléphoneras, le soir, plus tard, quand tu te débattras dans ta folie et ton désespoir, oh Marjorie, cela tu me l'as avoué, l'Oncle a dit :

— Alors ma p'tite poule, on n'embrasse pas l'armée de libération ?...

Il l'a prise dans ses bras, il a refermé son bras droit sur sa taille, tenaille, tandis que pendait à son bras gauche la carabine américaine (il me la montrerait, un dimanche après-midi, une arme de parachutiste, crosse pliable, chargeur de dix cartouches, tir semi-automatique, et des cartouches, vise un peu ça Will, il y en a plus d'un mille, chuis paré pour quand les Chinetoques se pointeront), et Marjorie a senti contre sa cuisse l'acier froid du canon, elle s'est cambrée, son ventre plat, et presque nu sous la robe légère à manches bouffantes qui lui faisait les épaules larges, s'est plaqué contre le ventre de l'homme, a été marqué par la boucle du ceinturon, et les lèvres de l'homme contre les siennes, et la langue du Vainqueur contre ses dents, et la surprise de la jeune fille, qu'est-ce que c'est ? oh Marjorie ton premier baiser, elle a rougi jusqu'à la racine des cheveux, la main du Vainqueur a caressé ses fesses et elle a soudain compris qu'elle avait un corps, le beau légionnaire a vu le piano, a dit qui sait jouer ici ? moi a dit Marjorie, eh ben joue-nous donc quelque chose ma belle, Marjorie a lissé sa robe sous ses fesses, s'est assise sur le tabouret et l'homme a regardé sa croupe en riant, elle a joué *Sherman's march to the sea*, *My old Kentucky*, et puis *Le Chant du départ*, la patronne de l'hôtel avait débouché de bonnes bouteilles, on trinquait, l'Oncle fumait des Lucky Strike dont la fumée enivrait Marjorie, et Virginie servait le vin, et l'Oncle regardait Marjorie et Virginie et il a dit les gars notre trésor de guerre nous attendait ici, au moins celles-là les Boches les ont pas eues, qu'est-ce t'en sais ? a dit un type, déconne donc pas ! a dit l'Oncle, ça se voit qu'on a affaire à de vraies jeunes filles, et puis t'as entendu leur accent, des Anglaises, normal à l'hôtel d'Angleterre, alors les salauds qu'on a flingués ils logeaient chez votre tante ? si c'est pas malheureux, ils se permettaient tout, on ne sait pas trop s'ils voulaient se rendre ou pas, enfin c'est comme ça, un de plus un de moins, ils n'avaient rien à voir avec la Gestapo ! a dit quelqu'un, Gestapo, Gestapo, okay mais c'étaient des Boches, n'avaient qu'à rester chez eux, personne ne leur a demandé de venir, alors dites donc, comment vous vous appelez les filles ? Virginie et Marjorie ? incroyable, vous avez tout ce qu'il faut pour inspirer l'amour... Oh Will, il était tellement beau, tellement maigre, son visage était presque émacié, son treillis était trop grand pour lui et en même temps il avait l'air si fort, si sûr de lui, les autres rampaient à ses pieds, un vrai chef, oh Will comment aurais-je pu deviner qu'il était creux à l'intérieur, toc-toc, le vide, non pas le vide, un trop-plein de rien, alors il m'a demandé de chanter pour lui, ah ça les gars ça valait trois ans dans les bois à bouffer des racines, les autres clampins c'est les pissenlits qu'ils boufferont par la racine, là-bas au royaume des taupes, ah ! ah ! ah ! oh Marjorie, tu étais l'exotisme, tu étais l'île au Vainqueur et on voyait Québec, Manhattan et Halifax dans tes yeux pers... Oh Marjorie élue reine des Bruyères, la fête, le Vainqueur décoré, et ce jour-là, je suppose, oh Marjorie, tu te donnas à lui... Où se coucha-t-elle, la folle Saint-Pierraise amoureuse du héros ? Dans une chambre de l'hôtel d'Angleterre désert ? Dans les sous-bois, aux sources du Styvel ou du Fao, douce mousse de son duvet intime, oh le Vainqueur était le roi puisqu'il gagnait les faveurs de la reine, reine ma reine des Bruyères, il connaissait les femmes, il en avait grimpé cent mille, des filles faciles de Recouvrance, il savait faire jouir la femelle, et tandis qu'il pensait, lui, putain elle mouille, toi, ma reine, oh Marjorie tu étais morte d'effroi, qu'est-ce qui coule de moi ? oui, tu ignorais l'alphabet et les tables de l'émoi, mais tu t'allongeais, la main droite sur ton cœur qui battait la chamade et le bras gauche sur tes yeux, à cause du soleil à travers les feuilles, mais aussi pour ne pas voir, oh Marjorie voir ta robe retroussée, et le Vainqueur qui ne te ménage pas, voir oh voir sa tête sur ton bas-ventre, le chemisier défait, le souffle de l'homme sur ta tempe, ses reins ridicules et sa main qui tripatouille son ceinturon, oh oui, elle va savoir, ses escarpins s'enfoncent dans la mousse, ses jambes se raidissent, elle est fendue, oh oui il est en moi, et il se répand en elle alors qu'avec les putes il se retire, retire-toi hein fais pas le con chuis dans mes jours à emmerdes, et il lui tend un mouchoir à carreaux blancs et mauves, et il lui dit tu vois ma poule c'est pas une affaire de perdre son berlingot, essuie-toi donc tu vas tacher ta belle robe, Marjorie éprise est prise, le Vainqueur du premier coup lui a collé un polichinelle dans le tiroir, bon Dieu tu pouvais pas prendre tes précautions, te filer un coup de poire, enfin quoi, t'es au courant de rien ? hé ben pleure donc pas ma reine, t'es la plus belle et on va se marier, gosse ou pas gosse on se serait mariés, alors c'est vrai tu m'aimes ? bien sûr que je t'aime, la preuve on n'arrête pas de s'aimer, oui Marjorie est femme, vérole quel allumage, suffit de lui mettre le petit doigt, rien que le petit doigt et elle s'enroule autour de ta queue, ils l'ont même fait debout à l'intérieur de l'arbre de Locmaria-Berrien, à trente pas de la maison basse où Virginie se morfond et où grand-père et grand-mère attendent en silence, ils ont perdu leur Marjorie, elle a été enlevée par un beau ténébreux, Marjorie jambes tiges droites de la fleur au milieu de la grotte de l'arbre creux, chêne bicentenaire dont les entrailles sont tressées comme des rameaux d'osier, arbre manchot affublé d'une unique branche basse qui croît du moignon en écartant ses doigts noueux, tête renversée Marjorie regarde, posé sur l'opercule du ciel, un papillon blanc en forme de nuage, et le Vainqueur à genoux roule sa robe sur ses hanches et baise sa fente et se lève et la prend, oui le mariage aura lieu, la Vieille a négocié le contrat de séparation de biens, elle a dit à son fils idiot une fille de rien, elle ne sait rien faire de ses mains sauf chanter des cantiques en anglais, pauvre andouille, et ses parents des romanichels qui transforment des chaussettes en pull-overs, les héritières ne manquaient pas qui auraient sauté sur un beau gars comme toi, enfin, tu l'auras voulu c'est ta vie que tu gâches pas la mienne... et le repas de noces à l'hôtel du Lac, cinq invités seulement du côté de la mariée, grand-père, grand-mère, Tantine et oncle Victor, et Virginie, et de l'autre côté ils étaient plus de cent à brailler des chansons paillardes, et grand-père, accompagné par Marjorie, a chanté *Darling I am growing old* dans le brouhaha de la foiridon, *life is fading fast away*, il regardait tendrement grand-mère, il lui disait *when your hair is silver white*, Marjorie et Virginie essuyaient une larme, *yes my darling you will be always young and fair to me*, et le frère du Vainqueur, Paul l'architecte, a gueulé à haute et intelligible voix peut pas causer français comme tout le monde ce vieux jeton ? ça a jeté un froid, même la Vieille a tiqué, et à cette seconde précise, oh Will, j'ai su que je n'aurais pas la vie rose avec lui, mais elle l'aimait comme une folle, et le Vainqueur, ivre, a chanté à son tour, va-t'en j'te connais plus, sors d'ici sans ça j'te cogne, une scie réaliste, à l'atelier mes camarades me parlent souvent de ta beauté, l'aimait-il Marjorie ? je n'en tire aucune fanfaronnade je n'en tire aucune vanité, il l'aimait comme un gosse aime son train électrique, il possédait le plus beau Meccano en chair et en os de la région, et le gamin vicieux qu'il était a arraché les ailes de sa mouche, il a commencé à la supplicier, les injures de son frère étaient les premières gouttes du supplice chinois, stilligoutte empli d'acide entre les doigts de l'Oncle et le cœur de Marjorie mettrait vingt ans à se ratatiner, vingt ans avant de crier grâce, crier marre ! marre ! Marjorie a resserré sa ceinture, elle était enceinte de trois mois, et tout à coup elle a eu un éblouissement et je me suis dit, oh Will, c'est drôle que le bonheur doive naître dans la tristesse, et encore elle ignorait que Virginie, le lendemain, annoncerait je suis enceinte moi aussi et vous ne saurez jamais de qui, qu'elle ferait ses valises et qu'elle partirait à Paris se placer comme bonne chez des Juifs du Sentier, oh Will ce fut pire que le tremblement de terre qui avait coupé le câble, et ils se sont tous regardés dans le même miroir et ce miroir était déjà fêlé.

Ainsi au cours du même mois de février virent le jour Florence, fille de Marjorie et de l'Oncle, et Louisa, née de père inconnu.

En souvenir de Lizzy, la petite bonne Gnouf de Saint-Pierre, Virginie appela sa fille Louisa et l'Oncle, pour flatter sa mère dont c'était le deuxième prénom, déclara une Florence à la mairie, contre l'avis de tante Marjorie.

Je n'ai nulle envie d'ouvrir un livre des prénoms mais force m'est de constater qu'à la vanité de Florence répond la sagesse de Louisa, avec la touche claire qu'ajoute le diminutif anglais, Lizzy, Louisa, ce prénom grave qui dessine le visage de ma Lizzy et son corps alangui dans l'ombre et ses lèvres mi-closes attentives au plaisir qui monte et ses longs doigts fins qui déclosent la faille.

Marjorie ne me racontait pas Virginie et Virginie ne se racontait pas. Tout ce que sait Louisa, c'est que sa mère vécut plusieurs années à Paris. Ses employeurs, un vieux couple de Juifs qui avaient réussi à passer entre les mailles du filet nazi, dès la Libération remontèrent de Biarritz où ils s'étaient réfugiés et remirent sur pied un atelier de confection. Virginie connaissait le métier. Si bien que de bonne à tout faire elle devint ouvrière, et d'ouvrière véritable fondé de pouvoirs qui passait les commandes, recevait les clients, négociait les prix, surveillait les couturières. Ce travail l'absorbait tant qu'elle décida de confier Louisa à grand-mère. Et puis l'air de Paris, pensait-elle, ne convenait pas à un bébé qui serait mieux à la campagne, à Huelgoat. On suppose aussi qu'à cette époque elle avait voulu vivre sa vie, non pas abandonner sa fille à ses parents mais chercher l'homme qui accepterait l'enfant d'un autre, un homme qu'elle trouva et qu'elle fréquenta pendant des années car elle désirait être sûre de lui et d'elle-même — et c'était bien là une idée de Virginie-la-lunaire. Négative sur le plan sentimental puisque d'homme il n'y eut point, en fin de compte, l'expérience parisienne fut positive sur le plan matériel : légataire universelle de ses employeurs, Virginie se constitua une petite rente et rentra au pays les valises chargées de ces pulls en faux mohair qui encombrent encore nos armoires. Louisa avait dix ans. Louisa reçut son éducation de grand-mère et béni soit le destin. Elle lui apprit ses îles, elle lui apprit ses chansons, elle lui apprit l'anglais, elle lui apprit à lire à quatre ans, elle lui apprit à aimer les histoires, elle la fit grandir pour moi.

Et je m'aperçois, en écrivant ce livre, qu'à travers une femme qui est ma femme, j'aime et je suis aimé de trois jeunes filles : Marie, Marjorie et Lizzy.

Et maintenant notre Charlotte devenue à son tour l'enfant préférée de tante Marjorie, sa tante Marjorie par laquelle elle découvrira que la mort n'est pas monter au ciel mais crever dans ses salissures.

Et je n'ai pas dit que Louisa ressemble étrangement à Marjorie.

Oui la Providence, à mon intention, a tissé un réseau de femmes.

Florence, elle, devint la chose de la famille de l'Oncle. La Vieille, possessive en tout, considéra et fit comprendre à coups de déclarations péremptoires que Florence était *avant tout* la fille de l'Oncle. Elle fut élevée à l'image de sa grand-mère paternelle, hautaine et capricieuse, certes très belle, à quinze ans un vrai mannequin, mais elle est pour moi, à jamais, celle qui regarde son cul dans toutes les glaces de la création et qui est plus préoccupée d'assortir des chaussures à une robe que de pleurer sa mère.

Malgré cela, je l'aime bien, Flo. C'est une douce fo-folle qui à cinquante ans épousera un vieux beau plus très porté sur la chose et finira ses jours dans une luxueuse villa au milieu d'un parc. Elle ne franchira les grilles de sa prison frénétiquement cherchée que pour se rendre chez le coiffeur, chez la modiste ou dans les boutiques d'antiquités. Elle collectionnera les poupées anciennes et puis un jour, quand la mort sera proche, elle se dira oh Marjorie, ma petite poupée, je t'avais oubliée et qu'ai-je fait de ma vie ?...

Entre sept et huit, chaque soir, le téléphone sonnerait.

— Allô, Will ?...

— Oui tante Marjorie...

Comme un peu ivre, elle rirait.

— Oh Will j'avais envie de vous entendre, vous êtes si mignons, tous les deux... Et Charlotte, elle vous ressemble, oh Will qu'est-ce qu'elle vous ressemble !... Oh Will, je suis heureuse quand je vous vois... Il faudra toujours venir me voir, n'est-ce pas Will ?...

— Bien sûr, tante Marjorie...

— Oh Will ne m'abandonnez pas !...

Elle reprendrait son souffle.

— Oh Will, tu es toujours calme, toi... Vous ne vous disputez jamais, Louisa et toi, oh non, jamais, n'est-ce pas Will ?... Vous viendrez dimanche ?... Je préparerai une tarte... L'autre ne sera pas là... Il va à la pêche... Oh Will il ne va pas tarder à rentrer... J'espère qu'il va aimer ce que je lui ai fait à manger... Monsieur est difficile… Oh Will tu crois qu'il va aimer ? Oh Will il faudra que tu me dises quoi faire… Tu me diras ?… Oh il arrive, je l'entends, il faut que je me sauve…

Elle raccrocherait.

— Tante Marjorie ? murmurerait Louisa.

— Oui, elle était…

Elle serait… *bizarre.*

— Oh ce sale type, je le déteste ! a dit Louisa.

— Allô, Will ?...

— Oui, tante Marjorie...

— Oh, je ne vous dérange pas ?

— Tu ne nous déranges jamais, tante Marjorie...

— Oh Will, il fallait que je te dise... Je n'ai pas tout le temps marché à la baguette... (rire) Je suis partie plusieurs fois, avec ma fille, ma valise et mes petites culottes en soie... (rire) Oh Will qu'est-ce que je raconte, des culottes en soie... Écoute Will, c'est vrai, monsieur découchait, monsieur restait avec ses pouffiasses, oh Will tu sais qu'il a même couché avec la comptable de sa mère ?... Je les ai surpris dans le bureau, et la Vieille qui travaillait à côté, et eux comme des bêtes, oh Will écoute tu parles d'un spectacle, s'il s'était vu dans une glace, le pantalon sur les mollets... (rire) Alors la petite Marjorie a dit bonsoir la compagnie, je retourne chez ma mère... Oh Will c'est tellement beau, Huelgoat... Et monsieur arrivait comme un fou et jurait qu'il ne tromperait plus sa petite Marjorie… (rire) Et Virginie, oh Will elle est drôle hein ma grande sœur, Virginie qui disait divorce, plaque-le ce bonhomme, tu ne seras jamais heureuse avec lui… (rire) Oh Will mais il savait comment me prendre, ah ça oui il savait !… Alors, qu'est-ce qu'il y a de bon à manger chez vous ce soir ?… Moi, je lui ai cuit des nouilles, à l'autre… (rire) Il a horreur des pâtes et puis je suis en train de tricoter un pull pour Charlotte… Oh le voilà qui arrive, je m'en vais… (rire).

— Qu'est-ce qu'on peut faire de plus ? m'a dit Louisa.

Nous la voyions tous les jours et tous les jours quand nous la quittions elle était gaie et deux heures plus tard le téléphone sonnait.

— Allô, Will ?…

— Oui, tante Marjorie…

Elle a ri. Elle a raccroché. Elle a rappelé aussitôt.

— Allô, Will ?…

— Oui, tante Marjorie…

Un hoquet entre le rire et le sanglot.

Puis de nouveau son rire léger, trop léger…

— Will, je n'aurai jamais de maison à moi… Oh Will, tu as déjà vu ça, toi, quelqu'un à qui on dit tiens voilà tant de millions, achète-toi une maison, tu n'auras pas un centime à débourser, et qui dit non merci je n'en veux pas?... (rire) C'est drôle, hein Will? C'est tellement drôle qu'il vaut mieux rire... Oh Will, est-ce que tu sais pourquoi il ne veut pas acheter la maison d'en face?...

— Parce qu'il est con!...

La maison d'en face avait été la dernière goutte au supplice chinois. L'acide avait fini par pénétrer à l'intérieur du crâne.

Aux Coop du quartier, Virginie avait appris que les voisins d'en face de chez tante Marjorie s'apprêtaient à déménager. C'étaient des fonctionnaires qui prenaient leur retraite et se retireraient dans le Morbihan où ils avaient fait construire une villa.

— Je ne vois pas quels prétextes pourrait inventer l'autre pour ne pas acheter cette maison, nous avait dit Virginie.

En effet, dans la mesure où il clamait bien haut que la maison qu'il louait lui convenait, il ne pourrait pas critiquer une bâtisse en tous points semblables — une maison jumelle. Il ne quitterait pas le quartier et ses différents ports d'attache : les bistrots qu'il affectionnait tant. Et Marjorie resterait près de sa sœur... Bref, la mise en vente de cette maison était une véritable aubaine. Je m'étais présenté chez les vendeurs et j'avais pu apprécier le confort de la maison qui, sur ce plan, ne ressemblait en rien à l'autre.

Autant celle de tante Marjorie était malsaine, humide et impossible à entretenir, autant celle des fonctionnaires brillait comme un sou neuf. Ils étaient maniaques et poussaient le souci de la propreté jusqu'à lessiver deux fois l'an les pierres du soubassement et des allées, repeindre au printemps les menuiseries extérieures, blanchir les plafonds, et tout à l'avenant si bien que cette maison, malgré ses vingt ans, était aussi fraîche et aussi pimpante qu'un pavillon témoin, et comme un tel pavillon, impersonnelle, ce qui présentait l'avantage de pouvoir s'y couler ainsi que dans un moule, à peu de frais. Quelques rouleaux de papier peint suffiraient. Louisa et moi, nous le poserions.

Je fus chargé d'entreprendre l'Oncle.

L'entretien eut lieu en terrain neutre, chez Léa.

— Pas question de ça ! T'as vu le jardin ? Comment je vais entretenir ça, moi ?... J'ai autre chose à foutre que tailler des rosiers et j'ai pas les moyens de payer un jardinier !...

Tante Marjorie aimait jardiner.

— Rêve donc pas p'tit gars, elle a assez de boulot comme ça !...

Je l'acculai dans ses retranchements : prix raisonnable, maison identique, quartier...

— Je m'en fous, je veux autre chose !...

Autre chose ? J'éclatai. Et la maison du bord de la rivière ?

— Dis donc, de quoi tu te mêles ? Faudrait pas croire...

J'avais pris contact avec le notaire. Il lui était possible de débloquer de quoi payer la maison. L'Oncle n'aurait plus de loyer à payer.

— Dis donc, je trouve que tu t'occupes un peu trop de mes oignons... Le loyer, je le paie, non ? Y a quelqu'un qui se plaint ?...

Mais enfin, puisque le notaire était d'accord pour avancer les fonds.

— Une *partie* du fric p'tit gars !... J'attends, mon pote... J'attends le paquet ! Là, je pourrai me lancer dans quelque chose de valable !...

Léa nous écoutait.

— Si le notaire te donne le fric, achète-la cette maison, tu la revendras après, quand t'auras palpé l'héritage... En attendant, t'économiseras un loyer...

— Occupe-toi de ton cul, Léa... Écoute Will, t'es bien gentil de te défoncer pour ta tante, mais j'ai pas envie de m'emmerder avec tout ça, le notaire, le déménagement et tout le saint-frusquin, acheter une bicoque pour la rebazarder dans un an, y a qu'à attendre, merde, t'as qu'à le dire à ta tante !... Et puis qu'est-ce que j'en ai à foutre d'une bicoque ? J'étais cadre, je suis chômedu à cinquante balais, j'ai toujours été le taré de la famille, mais peut-être le moins taré d'une famille de tarés, alors, je te le dis, le magot, le notaire me le garde au frais, et quand je l'aurai palpé, alors là, crois-moi, je vais me rattraper, nom d'un p'tit bonhomme !... Allez Léa, remets-nous donc une niche sur le chien...

— Allô, Will ?…

— Oui, tante Marjorie…

— Oh Will, j'en ai marre, marre, marre !…

Pourquoi de cinq à sept basculait-elle dans la mélancolie ? Ses coups de fil rythmaient nos soirées. Nous dînions plus tôt, afin d'être disponibles, que la misérable pensée dictée par un estomac qui vient de quitter un plat en train de refroidir ne détourne pas notre attention de l'appel au secours.

Charlotte prenait l'appareil.

— Allô ma tante Marjorie ?… Oh j'ai hâte à demain… Tu me cuiras des buns, dis ?

— Tante Marjorie ? C'est Louisa… Il faut que tu voies un médecin, oui ma petite tante, on ira ensemble… Il ne faut pas t'en faire…

— Oh mais je ne m'en fais pas !… (rire) Je ris, je m'amuse… Je m'amuse toute seule… Oh Louisa, tu permets que je parle à ton mari ?… J'adore parler à ton mari !… (rire) Tu n'es pas jalouse, au moins ?… (rire)

— Je te le donne, mon mari, tante Marjorie...

— Allô Will ? Oh Will, tu sais qu'à vingt ans je lavais les culottes de ma belle-mère ?... (rire) Elle m'a traînée plus bas que terre... (rire) Oh Will au début tu sais on vivait chez elle avec Paul et Odette et ton oncle devait reprendre l'affaire de la Vieille... Mais ça a été comme pour la maison, oh Will, c'est drôle hein ?... (rire)

Je vais pas me faire chier avec une boîte à la con et cinquante ouvriers accrochés à mon cul, tous à me pomper le dard, je préfère être cadre et la paye à la fin du mois, cocagne p'tit gars !...

— Oh Will il passait plus de temps avec ses maîtresses que sur les chantiers... Oh Will comment ai-je pu tomber amoureuse de ce bonhomme ?... (rire) Et sa mère ?... Oh je te disais laver ses culottes et vingt-cinq ans après c'était son derrière qu'elle me faisait laver !... (rire) Tu trouves ça normal, Will ?... Oh Will une femme normale aurait refusé, tu ne crois pas ?... J'aurais dû être fille mère, comme Virginie... (rire)

— Et tes îles, tante Marjorie, tu ne me racontes plus tes îles...

— Mes îles... Oh Will c'était dans une autre vie... Oh Will ils s'y sont mis à deux, la mère et le fils, pour me torturer, et elle a crevé de son cancer au derrière eh bien tu vois, Will, ça me fait quelque chose, et tu crois que la maison c'était pour se faire pardonner ?... Oh Will, je pardonne tout !... (rire) Et toi Will, tu ne pardonnes rien, n'est-ce pas ?... Oh Will, s'il te plaît, essaie d'arranger les affaires de ton oncle, il a de gros ennuis avec Paul… (rire)

Sauf quelques liquidités — compte courant, livret d'épargne et titres — les actifs successoraux étaient immobilisés. Le gros de l'actif était constitué d'immeubles de rapport et de murs commerciaux bien placés en centre ville, et l'ensemble rapportait de coquettes mensualités.

Paul l'architecte venait de revenir sur sa parole. Suffisamment nanti, à la réalisation des biens il préférait maintenant la perception des loyers. À l'inverse, l'Oncle voulait le paquet, et illico. Un compère de comptoir lui avait soufflé un argument juridique, du reste parfaitement exact, qu'il répétait inlassablement :

— Nul n'est tenu de rester dans l'indivision !… C'est dans le Code civil !… J'en ai rien à cirer des loyers, ce que je veux c'est claquer le blé !… La Vieille, elle m'a barré toute ma vie et j'ai le droit à la queue et aux oreilles !… Will tu diras au notaire que je veux ma part…

— Tu plaisantes ? a dit Louisa. Tu te démerdes tout seul !… Tu ne nous rendras pas bourriques, nous !…

— Oh ! oh ! oh ! Ma nièce, c'est comme ça qu'on parle à son oncle ?…

Radouci. Agneau. Oui, il craignait Louisa.

— Tu n'es pas mon oncle, tu es le mari de ma tante !…

Dans cette ville qui m'est étrangère, je suis resté à la porte du cimetière. Des hommes en noir mettaient quelque chose dans un trou. Un cercueil sur un autre cercueil. Sur d'autres cercueils : oui, je me suis souvenu de la Vieille qui parlait de la jeune sœur de l'Oncle morte à l'âge de trois ans et qu'on avait déterrée à l'occasion de l'inhumation de son père. La Vieille racontait avec amour que soixante ans après son départ pour le paradis des anges la fillette était intacte, la peau était encore sur les os, un miracle — un phénomène de momification lorsque la terre a une nature particulière. Ce quelque chose que la terre argileuse engloutissait n'était sûrement pas Marjorie, Marjorie ne pouvait pas être un corps qu'on descend dans une fosse, Marjorie ce n'était pas un nom de cadavre, Marjorie ne serait jamais un tas de boue liquide qu'on honore chaque année de chrysanthèmes.

Je hais la Toussaint.

Les cimetières irlandais sont si beaux, à l'abandon... Je ne comprends pas le culte des morts.

Comme s'il pouvait y avoir une fête des morts !

Fêter les morts, sortir sa veste de fourrure de sa housse antimites, se maquiller, frimer et déposer son pot de fleurs, observer une minute de silence tandis que les gosses sautillent sur place, maman pipi ! et la sucette que tu m'as promise ? bon Dieu tiens-toi tranquille, il me rendra folle ce gosse, respecte ta grand-mère, ou ton papy, ou ta mamie, elle est là en dessous et elle te regarde, là-dessous ? mais tu m'as dit qu'elle était montée au ciel ! tais-toi on t'expliquera quand tu seras grand, le gosse soupire et se dit que les parents mentent comme ils respirent, arrête de sauter, ne monte pas sur les tombes, ne touche pas aux fleurs, ferme ton col tu vas prendre froid il ne manquerait plus que ça deux jours avant la rentrée, ah les gosses, tu m'en diras tant, on se saigne pour eux et ça ne respecte rien, à six ans ça promet !...

Je suis resté à la porte de ce cimetière étranger, j'ai refusé de me pencher au bord du trou, je n'ai pas voulu voir le bois de la caisse de la Vieille.

Encore heureux que Marjorie soit dessus et non dessous.

J'ai effacé de ma mémoire, manière de les garder en vie, les trois autres morts qui ont compté.

Tantine s'en est allée la première, comme ça,

sans prévenir, d'une crise cardiaque en plein sommeil.

— Mes enfants, nous dirait l'oncle Victor, je ne vais pas tarder à la suivre, ma vie n'a plus d'intérêt, on ne s'est jamais quittés, ne serait-ce qu'un seul jour, alors, vous comprenez…

Le trauma de la séparation l'aiderait à exaucer son vœu de la rejoindre. Presque aveugle, privé de mots croisés, il ne se nourrirait plus et il soufflerait sa propre bougie, sans aucune brûlure, sans aucune souffrance.

Grand-mère se retirerait dans un mouroir de luxe, entourée de ses quelques meubles ; elle nous prierait d'espacer nos visites : « Je ne suis plus belle à voir, mes enfants, et la mort est un spectacle trop triste… » Elle réclamerait par lettre des photographies. Et ces portraits de Charlotte, nous les retrouverons sur son cosy.

Les infirmiers ont emporté son corps à la morgue de l'hôpital qu'un seul mur sépare de la pension/mouroir. Morgue ou salle d'attente ? La messe des morts a été dite dans un local carrelé et badigeonné au crésyl, simple intervalle entre deux rideaux tirés : à gauche les morts du jour veillés par leur famille, à droite un sas et une porte qui s'ouvre, béante, sur celle du fourgon mortuaire.

Ils auraient pu installer une gouttière et les cercueils auraient glissé directement dans le trou.

Oh Will…

Sur les hauteurs de Saint-Pierre l'on taillait dans les étangs des blocs de glace… En heurtant les bords gelés d'une tranchée ils disparaissaient à toute allure dans les silos des entrepôts frigorifiques, en bas, sur le port.

Je suis resté à la porte de tous ces cimetières.

J'ai esquivé les pelletées de terre des fossoyeurs et leur pesant de certitudes.

Ainsi puis-je entretenir l'illusion de n'avoir pas enterré mes morts.

Quant à moi, je serai incinéré et mes cendres seront dispersées sur les landes où je chasse la bécasse. Il me plaît de croire que de cette façon ma mort sera légère.

Cet espoir me rassure quand à la lumière rouge des ampoules de la buanderie que je transforme de temps en temps en laboratoire affleurent dans le bac de révélateur les planches contact des négatifs 8 × 11 que m'avait confiés oncle Victor le jour où nous avions chargé dans notre 2 CV la collection d'*Illustration* (huit années !), et que je recrée, par la magie de la chimie, les îles de tante Marjorie, photographiée à la poupe du doris : elle a un an à peine, elle est debout sur une banquette et Tantine, bras nus, col fermé par un lacet, la tient contre la barre franche et Virginie, la main en visière, tire la langue au photographe qui n'a pas pensé qu'au premier plan se trouve le moteur fixe, à moins qu'il n'ait admis, au moment d'appuyer sur le déclencheur du Zeiss, que ce ventre mécanique, avec ses tuyaux de vidange et de refroidissement, fût le quatrième personnage du portrait de groupe.

— Allô Will?... (rire) Oh Will je ris parce qu'il n'aura rien... Il attendait l'héritage pour s'acheter un château et il n'aura rien!... Oh Will, c'est trop drôle... (rire) En revanche, c'est la petite Marjorie qui trinque...

L'Oncle était fou furieux qui avait vendu la peau de l'ourse avant de l'avoir dépouillée. Il s'est battu avec son frère. L'on s'acheminait vers un procès.

Alors, pour Marjorie, je suis intervenu et j'ai obtenu du notaire qu'il partage les liquidités. Ce pis-aller, un chèque tous les mois, réglait les problèmes d'intendance. Le notaire, très compréhensif, adressait un mandat à tante Marjorie et l'Oncle buvait le chèque.

— Oh Will, sais-tu ce qu'il a inventé?... Oh Will, c'est dur à dire... C'est tellement dur à dire... (rire) Louisa... oh je te le dis à toi, tu comprends tout, Will... Voilà... (rire) Oh Will il répète maintenant que je ne suis plus *bonne à rien*... (rire) Plus *bonne à rien*.

Tu comprends ce que je veux dire, n'est-ce pas ?...

J'ai traqué l'Oncle dans les bistrots cra-cra et je l'ai trouvé chez Léa, c'était là qu'il se plaisait le mieux, dans les vapeurs de pot-au-feu rance, tirant sur sa Gauloise, sirotant son bidule, éponge à vinasse, Tonton belle-gueule, roi du bagout stérile, Casanova de barrière, il crachait dans la sciure, racontait des histoires salées à Léa qui gloussait, et il gloussait aussi, oh ! oh ! oh ! quinte de toux, bordel Léa remets donc une niche sur le chien j'ai la gorge qui me gratte, Léa remplissait son verre dont il aspirait le trop-plein, sa main tremblait déjà, allez un p'tit coup de vaccin ! disait Léa, c'est bon pour le palu breton, ah ! ah ! ah ! son rire de gorge, et elle toussait aussi, et l'Oncle répondait j'ai peut-être bien le palu breton mais toi t'as une drôle de bébête en train de téter tes nichons, ho ! ho ! ho !... déconne pas, parle pas de ça, mon médecin veut que je fasse des rayons, pour ce que ça sert, j'ai pas envie d'être chauve, chauve oh ! oh oh ! Léa quand ils auront coupé ton dernier nibard tu seras plate comme la terre avant qu'on découvre qu'elle est ronde, ce que tu peux être con quand tu t'y mets, tiens c'est pas ton neveu ? dis donc ça fait une paille qu'on l'a pas vu, un soir tu l'as pété au Cointreau, oh ! oh ! oh !... qu'est-ce qui t'amène Will ? Ah elle est belle la pendule, hein, t'aimerais bien l'embarquer chez toi, Léa si tu voyais la bicoque de mon neveu, un vrai petit manoir au bord d'une rivière, un parc où y te faut une boussole, tout juste trente ans et déjà sa deuxième bicoque, des coins et des recoins et des tableaux, une vraie galerie, tu penses, ça paye l'enseignement, deux salaires qui tombent tous les mois, mais faut reconnaître, il est plus intelligent que moi, Ah ! ah ! ah ! Léa a manqué s'étouffer, ah ! ah ! ah ! c'est pas dur !... dis donc Léa un peu de respect pour les clients !... Clients mon cul ! tu vas pas me dire le contraire que t'es un fainéant ! tous les bonshommes sont des fainéants, tous prêts à plonger leurs mains dans le tiroir-caisse, la main au panier Léa ! au panier !... au panier et au tiroir-caisse, je te dis !... c'est pareil, t'as qu'à dire à la tirelire, veinarde, Léa, toi qui en as deux, de tirelires, ho ! ho ! ho !... Ah ! ah ! ah !... t'es trop con, arrête, je vais avaler mon dentier !...

J'ai dû patienter. Et puis il a été bien imbibé.

— Plus bonne à rien, Will... Laisse-nous donc Léa, va regarder ta télé, faut que je parle sérieusement à mon neveu... Ta tante, Will, je sais pas ce qu'elle a depuis quelque temps... Faut pas croire, elle a jamais été comme ça... Au contraire !... Reine des Bruyères qu'elle était, t'es au courant ?... Ma reine... Je blague pas, Will, ta tante c'était la reine de la trompette à la neige... du décolleté savoyard si tu préfères... Et les bonnes suceuses, tu sais, ça court pas les rues... Pourtant, y a rien de tel qu'une bonne pipe pour réjouir le cœur d'un homme... Et pis y avait pas que ça... La turlute, la levrette, l'escarpolette chinoise, le sursaut de la crevette, la scie sauteuse, le poisson-pirate, le train à bascule et j'en passe et des meilleures, tout, elle connaissait tout sur le bout des doigts !... Faut se méfier de l'eau qui dort, disait ma mère... Au fait, t'as vu le notaire, faudrait peut-être qu'il se magne le cul pour liquider les logements et virer les rastaquouères qui se régalent avec l'histoire des loyers bloqués... et avant que je file deux cartouches de chevrotine dans le bide de mon frangibus... passons, je préfère, ça me donne des aigreurs... Ouais, je te disais, Will, ta tante avec ses airs de sainte-nitouche, ses petites chansons anglaises, eh ben question gâteries elle s'est toujours défendue comme une lionne... Bon Dieu, quand elle l'avait en bouche j'avais les doigts de pied qui faisaient le grand écart... Faut dire qu'avec moi elle a été à la bonne école... Les femmes c'est comme les clebs, faut les prendre jeunes, après c'est foutu pour les dresser... ho ! ho ! ho ! j'ai jamais vu une vierge tenir aussi bien l'arrêt devant une belle queue au garde-à-vous !... Pourtant... Léa, remue donc tes fesses, on a soif... Pourtant j'en ai baisé des greluches, des blondes, des brunes, des blanches, des noires, même des jaunes, y a que les Arabes, j'étais trop vieux pour l'Algérie... Tiens, je t'ai pas parlé de la petite postière, à cause de celle-là ta tante était repartie chez sa mère, passons... Haute comme trois pommes, elle prenait son pied en s'asseyant dessus, elle grimpait en selle et au galop mimile, accroche-toi aux branches!... Eh oui p'tit gars, les temps ont changé... Tu me diras, à notre âge, on réagit plus au quart de tour, mais tout de même, elle veut plus faire un effort, ta salope de tante...

Ta salope de tante...

J'ai grincé des dents.

Tante Marjorie s'est confiée à Louisa.

— L'Oncle ne peut plus... disons le mot, il ne peut plus éjaculer et il dit que c'est de sa faute, à tante Marjorie... L'autre soir, il s'est escrimé sur elle pendant des heures sans pouvoir... Will, c'est abominable, tante Marjorie et cet ivrogne qui se trémousse sur son ventre, je n'ose même pas y penser...

Elle ne refusait pas de le satisfaire, mais elle était indifférente et l'autre était incapable d'aboutir. Bien sûr il y avait l'alcool, le chômage, les soucis de l'héritage...

— La raison principale de son impuissance, c'est que tante Marjorie n'a plus envie de lui, et il le sent...

— Allô, Will?... (rire) Je voudrais voir Florence... Oh Will, je vais aller à Florence... Oh Will, je vais aller au taureau... (rire) Oh Will, tu sais qu'il faut plusieurs poules pour contenter un coq?... (rire) Ton oncle en a eu, des poules, c'est sans doute pour ça qu'il élève des pigeons... Oh Will, il passe des heures à les regarder se grimper dessus... Lui, il ne peut plus grimper sur quoi que ce soit... (rire) Will?... Will, tu ne ris pas?... Louisa t'a dit?... Oh Will, comme c'est drôle!... (rire) Tu sais que ses poules m'ont donné des ulcères? Oh Will et pendant qu'on m'enlevait l'estomac, enfin les trois quarts, n'exagérons rien... (rire) il reluquait les fesses des infirmières...

Elle est partie d'un grand éclat de rire.

Qui s'est brisé soudain.

— Oh Will, j'aimerais tellement aller voir ma fille et je n'ai pas un sou pour prendre le train...

Je lui ai dit mais l'argent que tu avais mis de côté après la vente des icônes?

— Oh Will, je ne le trouve plus... (rire) Je l'avais caché dans la cave et je crois bien que la petite souris l'a mangé... (rire)

Louisa a téléphoné à sa cousine. Alarmée, Flo a expédié à sa mère un billet de chemin de fer et tante Marjorie, en robe d'été et chapeau, a pris le train pour le Midi où elle resterait un mois, oh Will peut-être deux ou trois ou quatre, l'autre n'aura qu'à me trouver une remplaçante pour lui laver ses chaussettes et lui cuire ses nouilles... Un tic nerveux relevait sa lèvre supérieure. Oh, Will, oh Louisa, oh Charlotte, mes petits enfants chéris. Les larmes aux yeux, nous avons écourté les adieux et elle a agité son foulard comme la fillette en chapeau cloche sur la photo où se trouvent réunis, à l'occasion d'un sempiternel pique-nique, grand-père et grand-mère, Tantine et oncle Victor, et d'autres Saint-Pierrais dont un vieux monsieur en canotier et nœud papillon à genoux sur les rochers, et tout le monde tourne le dos au *Miquelon* qui trace sa route dans l'embellie et longe l'île aux Chiens.

Faisant semblant, les premiers jours, de *passer par hasard* à l'heure des repas, l'Oncle a sournoisement requis les services de Virginie. Puis la solidité du terrain étant établie, il s'est installé, apportait un steak, une escalope, six œufs ou une bouteille de vin, sans oublier son linge et les recommandations à propos de ses chemises blanches, un fer à peine chaud, Ninie, fais attention aux faux plis, c'est tout ce que je te demande, entre belle-sœur et beau-frère, faut se donner la main, hein ma Ninie. Virginie le servait silencieusement, répondait par oui ou par non en l'écoutant distraitement, et la vaisselle terminée elle s'isolait dans le salon devant le poste de télévision et l'Oncle lui criait du couloir, à demain Ninie, t'inquiète donc pas, j'apporterai des pigeons, c'est dingue ce qu'ils me bouffent comme grain ces cochons-là, y a intérêt à les liquider vite fait avant qu'ils me mettent sur la paille...

Tante Marjorie nous a écrit une carte postale. Il fait beau, j'aurai plein de choses à vous raconter, je vous embrasse bien fort, tante Marjorie.

Elle est rentrée au bout de neuf jours. Un dimanche matin nous l'avons vue descendre d'un taxi, oh Louisa, oh Will, vous m'invitez à midi, vous me ramènerez à la maison ce soir.

Flo et son type habitaient dans les environs de Nice et, oh Will, il est à la tête de je ne sais combien de sociétés, et il a aussi une femme et deux gosses qu'il a laissés tomber, les gosses sont très bien élevés, ils sont venus le week-end dernier, évidemment, on n'aurait jamais pu donner tout cela à Flo, si vous voyiez la villa, avec piscine et des barbecues aux quatre coins du parc qui domine la ville, et la voiture de sport, oh Will, j'ai bien senti que je les gênais, tu connais Flo, Louisa, elle est tellement indépendante, mais je peux te dire une chose, qu'est-ce qu'elle file doux devant Édouard, oh là là, oh Will, je suis obligée d'en rire, elle bêle Édouâââard mon petit chou, Édouâââard mon petit lapin, ah là elle ne tient plus de son père, on ne la reconnaît pas, oh Louisa, et elle ne s'inquiète même pas, ce type peut la renvoyer du jour au lendemain, c'est vraiment l'homme à femmes, et qu'est-ce qu'elle fera? enfin elle doit lui donner ce qu'il désire, sur ce plan-là, au moins, je ne l'ai pas ratée, ma fille, elle a tout ce qu'il faut pour retenir un homme...

Très tard dans la soirée Flo téléphonerait.

— Ma petite mère est bien rentrée?... Oh Louisa (lorsqu'elle est émue, sa voix a les mêmes intonations fragiles que celle de tante Marjorie), ça ne va pas très fort, hein, dis-moi... Qu'est-ce qui se passe?... C'est encore ce vieux salaud qui... Oh Louisa, qu'est-ce que je dois faire? (culpabilisée, mais s'accordant aussitôt un non-lieu) Rien... Je ne peux décemment pas infliger à Édouard le spectacle de... de... enfin tu me comprends, Louisa... J'ai ma vie, moi! Oh Louisa, tu prends bien soin de ma petite mère, hein? Tu me le promets? Et puis il faudra venir un de ces jours, on a de la place pour vous loger… On se téléphone, d'accord… ? Je vous fais une grosse bise…

Tante Marjorie, chez elle, a insisté pour que nous attendions le retour de bordée de l'Oncle. Il a grogné ah te voilà toi, s'est assis à la table de la cuisine et s'est servi un verre de vin rouge.

— T'as rien préparé, j'espère… J'ai bouffé chez ta sœur…

Aucun d'entre nous n'avait eu l'idée d'appeler Virginie, preuve s'il en fallait que l'Oncle existait à peine, qu'il était quantité négligeable. Il a lampé son vin, puis il a ajouté, mauvais :

— Alors, tu t'es fait reluire par les bronzés ?

Louisa a explosé. Elle a crié :

— Tais-toi !… Mais tais-toi !… Oh je t'en prie tais-toi !…

— Dis donc Louisa, je suis chez moi !…

— Chez toi !… Pauvre type !… Tu serais *chez toi* si tu étais moins con !… Tu ne serais pas locataire dans une baraque minable qui pue le moisi et la vieille pisse de tes chiens !…

— Quoi, qu'est-ce que j'entends ? a-t-il essayé de plaisanter.

— Tais-toi !… Si tu n'étais pas un sale égoïste, tu penserais un peu à ta femme au lieu de fréquenter tous les bars à putes du patelin !…

— T'énerve donc pas, Louisa…

— Viens, tante Marjorie, tu dormiras chez nous… On le laisse dans sa merde, *ton mari*…

Louisa, ma douce Louisa sortait ses griffes, et je me préparais à me jeter sur l'Oncle dès qu'il ferait mine de lever la main sur elle — je n'imaginais pas que cela puisse se terminer autrement que par des coups sordides, regrettés sitôt donnés.

Mais non… Il a regardé le fond de son verre vide, a murmuré « Louisa… Louisa », et puis il a levé les yeux.

Il pleurait à grosses larmes.

— Bon, ça va aller maintenant, rentrez chez vous les enfants, a dit tante Marjorie.

Dans la voiture, Louisa m'a dit :

— Quel comédien !… Je n'en reviens pas qu'il ait pu s'arracher ces larmes de crocodile…

— Il pleurait vraiment, non ?…

— Va savoir… Il est capable de tout…

— Allô, Will ?… (rire) Les déménageurs sont arrivés, Will… (rire)

— Quels déménageurs ?…

Louisa, du salon, m'a entendu. Elle a pris l'écouteur.

— Les déménageurs qui emménagent, Will… (rire) Oh Will, je voudrais te chanter une chanson, tu veux bien Will ?…

— Mais oui, tante Marjorie…

Je lui parlais comme à une malade.

Elle *était* malade.

Il ne faut jamais contrarier les fous…

Non, non tante Marjorie n'est pas folle.

— Oh Will, le titre c'est *Silvery waves*… Écoute bien, Will, car je ne chanterai jamais plus…

Elle a chanté.

Louisa pleurait.

— Oh Will, j'aimerais *tellement* revoir ma maison du cap à l'Aigle… Oh promets-moi Will, quand ton oncle aura touché l'héritage, oh promets-moi de t'arranger avec le notaire pour que je touche un million ou deux… ou trois. (rire). Ton oncle ne me donnera pas un centime, oh Will il faut que tu t'arranges avec le notaire…

Elle a répété :

— Que tu t'arranges avec le notaire… Que tu t'arranges avec le notaire…

Et à chaque répétition sa voix baissait d'un ton, jusqu'à devenir un murmure inaudible, comme si elle glissait le long d'un mur et tombait assise, dans l'hébétude.

— Tante Marjorie ! a crié Louisa.

Son rire lui a répondu.

— Oh Louisa, tu sais que Will va s'arranger avec le notaire ?… (elle était essoufflée, son débit se précipitait, elle avalait des syllabes) Et toi Louisa tu t'occuperas des billets, on partira tous les quatre, vous trois et moi, on s'arrêtera bien quelques jours à Québec, tu sais que maman a travaillé à *La Patrie*, après on prendra le car pour la Nouvelle-Écosse, tu verras Will, c'est un vieux car qui tombe en panne tout le temps et qui traverse des forêts, des forêts… tu ne vois pas une maison pendant des dizaines de kilomètres, oh Will à Halifax il y a un petit avion, une fois sur deux il ne peut pas atterrir à Saint-Pierre à cause du brouillard, oh Will j'ai une amie qui a fait comme ça cinq fois l'aller-retour entre Saint-Pierre et la Nouvelle-Écosse, oh Will puisque c'est comme ça on prendra le bateau, c'est un peu plus long mais ça ne fait rien, oh Will là-bas on sait encore qui je suis, des tas de gens se souviennent de moi, alors ils seront tous sur le quai à nous attendre, et on sera reçus partout, à Saint-Pierre, à Langlade, à Miquelon, oh Will ils n'ont pas tout vendu comme nous...

— Vendu ?...

— Oh Will, tu as déjà oublié ?... Ma maison d'en face a été vendue, oh Will toutes mes maisons ont été vendues et moi aussi bientôt il va me vendre, il va me mettre sur le trottoir et il criera aux passants qui veut d'un vieux cul fané ?...

Disque rayé qui répétait d'une voix aiguë :

— Qui veut d'un vieux cul fané ?... Qui veut d'un vieux cul fané ?... Qui veut d'un vieux cul fané ?

— Tante Marjorie ! a hurlé Louisa.

Elle avait raccroché.

Louisa m'a dit :

— Tu connais la nouvelle turpitude de l'Oncle ? Sa dernière invention ?… D'après lui, tante Marjorie boit !… Quel salaud, tu te rends compte !… Sa crapulerie n'a pas de limites… Évidemment, ça expliquerait ses coups de téléphone… Mais tu ne vas pas me dire… (elle était au bord des larmes, sa voix se brisait) tu ne vas pas me dire qu'elle se saoule entre cinq heures et demie et sept heures ?… Écoute, quand on la quitte, quand je la quitte ou quand tu la quittes, elle est normale, non ?… (elle criait) Oh Will, ce serait trop dur, ça vraiment ce serait trop dur… Tout mais pas ça !… N'importe comment, si c'était vrai, ce serait de sa faute, à l'autre ordure… Mais je ne peux pas croire ça… Oh Will, il faut absolument que l'on sache…

Afin de surprendre tante Marjorie dans sa solitude de fin d'après-midi, et non sans lire dans les yeux de ma complice la tache amère et coupable du mensonge et de la trahison perpétrés, nous avons monté de toutes pièces un pitoyable quiproquo. Je prendrais Charlotte vers cinq heures et Louisa, prétextant un malentendu, passerait à six heures et demie, le point de rupture présumé entre les deux bornes marquant la fin du goûter de Charlotte et l'arrivée de l'Oncle ivre et agressif.

Nous avons eu l'explication.

Tante Marjorie consultait fréquemment son médecin traitant pour ses problèmes d'estomac. Et ce médecin lui avait prescrit des antidépresseurs avec la largesse approximative d'un généraliste mal à l'aise face à une malade dont il présumait qu'elle refuserait de se confier à un spécialiste.

S'il fallait traduire par une courbe la journée mentale de tante Marjorie, celle-ci aurait grosso modo la forme de l'oméga majuscule dont la base représenterait le fond de la dépression et le sommet de l'orbe l'apogée de l'euphorie. Elle se levait en pleine déprime et préparait le petit déjeuner du maître qui, selon son humeur ou son programme du jour, s'habillait beau (tournée des bistrots) ou utile (écoute donc, j'ai des bricoles à faire chez un copain), puis s'éclipsait pour la matinée. Venaient les courses et la reprise de contact avec une espèce de bien-être routinier : les Coop, le boulanger, le boucher, un petit café chez Virginie, la cuisson du repas de midi et le retour en grande forme de l'Oncle qui décachetait son deuxième paquet de Gauloises et se montrait disert, sinon aimable, puis se levait au coup de gong de la fin des informations de treize heures. La courbe montait ensuite très vite et très haut dans l'attente fébrile de la fin de l'école et de la venue de Charlotte, de Louisa ou de moi-même. C'était l'heure du bonheur. Mais quand notre voiture s'éloignait et qu'à genoux contre la vitre arrière Charlotte eut adressé un dernier baiser d'au revoir à sa tante Marjorie penchée à la fenêtre de sa cuisine, naissait la nuit, se hissait le drapeau noir de l'angoisse, s'assombrissaient les fêlures et ces heures creuses d'avant le soir apparaissaient comme la croissance monstrueuse d'une terreur invertébrée dont les contours épousaient la forme des meubles, emplissaient l'évier, coulaient en grappes du grenier, gravissaient l'escalier de la cave, gonflaient sous le tas de charbon, marbraient la peau de tante Marjorie qui, frissonnante, claquant des dents, s'isolait sous une douche brûlante, à l'abri de cette chose immonde qui tricotait des pattes dans sa tête. Et là, au sortir de la douche, c'était l'overdose de cachets. Elle faisait une chute vertigineuse dans son passé, se maquillait, se brossait les cheveux, chantonnait puis, soudain agitée, électrisée par le mélange des poisons qu'elle avalait sans précaution, elle balayait, époussetait, lavait, repassait, cirait et pour finir s'écroulait près du téléphone et disait :

— Allô, Will ?... C'est Cendrillon... (rire) Oh Will, je ne t'ai jamais raconté mes malheurs... S'ils avaient pu me faire avorter, quand j'avais mon gros ventre... Oh Will, la Vieille, elle m'obligeait à passer la paille de fer sur les parquets... (rire) Une-deux, une-deux, et hop ton gros bide Marjorie qui se trimbale... (rire) Oh Will, tu ne trouves pas que c'est drôle ?... Marje ! Marje !... Ma chemise de nuit, tu l'as repassée Marje ?... Et mes bas, tu as lavé mes bas ?... Tu n'oublieras pas mes chemisiers, Marje !... Ce qu'elle pouvait être fainéante, Odette, avec ses grosses fesses... (rire) Et le Popaul ?... Ce malpropre, je te dis pas, Will, il gardait ses caleçons quinze jours... Il gardait son caca pour sa petite Marje, sa petite bonne à tout faire... Et l'autre qui ne disait pas un mot, pas ça !... Ah il était fier de sa Marjorie !... Celle qui soi-disant ne savait rien faire de ses dix doigts... Oh Will, tu crois qu'il m'achètera une machine à laver quand il aura touché l'héritage ?... Oh Will, ce n'est vraiment pas facile de laver tout ce linge à la main... Oh Will, ils m'ont vraiment grattée jusqu'à l'os... J'en ai marre, Will, j'en ai marre de tout !...

— Tante Marjorie est tombée dans l'escalier, m'a dit Charlotte.

— Tu parles, m'a chuchoté Louisa, c'est l'Oncle…

Scène infâme à laquelle Virginie a assisté. À croire qu'il voulait un témoin, le bourreau.

Depuis plusieurs jours, tante Marjorie ne lui préparait plus à dîner. Elle, elle grignotait : biscuits, fruits, yaourts et lui…

— Oh lui, qu'il se fasse cuire un œuf ! disait tante Marjorie en riant.

En riant *bizarrement*…

— Qu'est-ce que tu fous du pognon du notaire puisque t'achètes même pas à bouffer avec les mandats ?

Elle souriait aux anges.

— Hein dis-le, qu'est-ce que tu fous du fric ? T'entretiens un gigolpince ? Un mecton qui te régale pendant que chuis au boulot ?…

Elle chantonnait.

— C'est ça, hein, dis-le !…

Elle était aux graines sur le Grand Colombier.

— Réponds, merde !...

Elle esquissait un pas de valse, elle débutait au Cercle Joinville et des jeunes hommes en spencer se bousculaient pour l'inviter à danser.

— Laisse-la, tu ne vois pas qu'elle est malade ? a dit Virginie.

— Malade ?... Parle à mon cul ma tête est malade... Elle se bourre la gueule, ouais... Y a rien qui me dégoûte autant qu'une gonzesse qui prend des pétées...

— Tu es fou, qu'est-ce qu'elle boirait ?

— Chais pas moi... Elle planque les bouteilles vides, la garce...

Tante Marjorie a éclaté de rire.

— Tu as faim mon petit lapin, ô mon amour ?...

Il l'a secouée.

— Mais elle se paie ma tête, Ninie t'es témoin, elle se fout de ma gueule !... En plus !...

— Elle prend des cachets...

Des petites pilules vertes, bleues, noires, orange, rouges pour voir la vie en rose.

— Quoi ? Quels cachets ? Qui lui a dit de prendre des cachets ?... Non, je te dis Ninie, elle est tombée dans la liche...

Il a renversé la poubelle à même le carrelage de la cuisine.

— Pas possible, elle doit guetter les boueux et leur refiler les cadavres tous les matins avant que je me réveille...

— Tu cherches les légumes, tu veux que je

te mitonne une bonne sou-soupe mon gros loup ? a chantonné tante Marjorie en lui caressant la nuque.

Piqué au vif, il s'est retourné et lui a flanqué un coup de poing, un vrai, un coup de poing d'homme à homme, pour cogner, pour blesser. Elle a été projetée contre le buffet, a fléchi les jambes et s'est étalée de tout son long entre les chaises. Virginie a crié. L'Oncle se déchaînait. Virginie s'est précipitée dans l'entrée, a décroché le téléphone.

— À quoi tu joues Ninie ?

— J'appelle police-secours.

— Enculée ! Tu ferais mieux d'appeler le service de dératisation.

Dératiser : dans le langage des ivrognes, subir une cure de désintoxication.

Dératiser : occire les rats bleus qui grimpent le long des murs des chambres de contention.

Dératiser : subir la crise de delirium tremens.

— Il faut la dératiser, je te dis !...

Là-dessus, il a claqué la porte.

Tante Marjorie s'est relevée sur un coude et a chantonné :

— Il était beau, il sentait bon le sable chaud, mon légionnaire...

Et puis elle a ri. Un rire qui n'en finissait pas. Virginie a passé la nuit avec elle. L'Oncle a dormi dans sa voiture.

— Allô Will?... (rire) Tu ne viens pas admirer mon bel œil au beurre noir?...

Son rire était plus accablé, plus endolori, plus lugubre que d'ordinaire. Il semblait se répercuter en écho contre les parois d'une cellule qui allait en se rapetissant.

— Tante Marjorie!...

— Oh Will, demain soir ton oncle aura un vrai repas...

Louisa l'a rappelée.

Elle ne répondait plus.

— J'y vais...

Tante Marjorie était prostrée devant le poste de télévision allumé. Dans la cuisine, l'Oncle mangeait du pain et du fromage. Louisa a couché tante Marjorie. Et puis avec l'Oncle elle a eu une conversation sérieuse. La tête basse, il a pleurniché et promis : promis d'arrêter de boire, promis de respecter sa femme, promis d'accélérer le règlement de la succession, promis d'acheter une maison, promis d'offrir un grand voyage à tante Marjorie, promis d'être digne de nous tous.

Il a dit :

— Louisa, tu sais que tu es plus qu'une nièce pour moi…

— Tu veux me sauter ?

— Louisa, tu es pire que moi…

— Avec toi, oui, je peux être pire que tout !

— Tu veux me faire du mal…

— Je voudrais que tu crèves, oh oui que tu crèves !…

La porte de la chambre s'est ouverte. En chemise de nuit, tante Marjorie s'est adossée au chambranle, a porté le dos de sa main à son front et a dit :

— J'ai froid…

Oh Marjorie des îles, nous aurions dû t'enlever, t'adopter, te choyer, tu aurais largué ton mec et tu aurais vécu chez nous.

Nous n'avons pas su.

De bonne heure le matin, tante Marjorie a fait la vaisselle du petit déjeuner, est allée chez le boucher acheter un demi-lapin, a épluché les légumes et a mijoté un civet, un plat qui se réchauffe très bien.

Elle l'a écrit sur un bout de papier.

Louisa, c'est un civet, il est cuit, il ne reste plus qu'à le réchauffer, il y a assez pour quatre personnes.

Peu avant midi, l'Oncle ayant prévenu qu'il ne rentrerait pas, elle s'est maquillée et coiffée. Sur son lit dont elle avait changé les draps, tout comme elle avait changé les serviettes de la salle de bains, elle a étalé sa belle robe bleue de notre mariage et sur la descente de lit elle a posé en évidence des bas et des chaussures. En évidence aussi, sur la table de nuit, un paquet de coton hydrophile et un flacon de lait de toilette.

Elle a noué autour de sa taille un tablier à volants et bretelles de dentelle comme en portent les jolies mamans américaines dans les feuilletons à faire pleurer Margot.

Elle a ouvert la porte de la volière et les pigeons se sont envolés.

Elle a composé un bouquet de zinnias violets et de désespoir des peintres, et près du vase au milieu de la table de la cuisine elle a laissé le billet concernant le repas du soir.

Elle a fermé le vasistas de la salle de bains et elle a calfeutré le rebord de la fenêtre et le bas de la porte avec des torchons humides.

Elle s'est enfermée dans la minuscule salle de bains. Le linge à laver était celui de l'Oncle : chaussettes, caleçons, maillots de corps et chemises blanches.

Elle a ouvert le robinet d'eau chaude. À l'intérieur de la salle de bains, le chauffe-eau à gaz a chuinté. L'eau chaude coulait régulièrement.

Tante Marjorie s'est agenouillée au bord du bac à douche. Elle a savonné le linge et elle a brossé, brossé, brossé jusqu'à ce que mort s'ensuive.

À cinq heures Charlotte est entrée. Elle a appelé, elle a entendu l'eau couler, elle a ouvert la porte de la salle de bains.

Elle a couru chez le boulanger et lui a dit :

— Monsieur, monsieur, ma tante Marjorie est malade sous la douche !...

Déjà Louisa arrivait. Elle a tout vu : tante Marjorie inanimée sous le jet d'eau chaude qui lui brûlait la figure, les torchons qui calfeutraient les appels d'air, la robe sur le lit, le coton et le lait de toilette sur la table de nuit. Et le linge. Rien que du linge masculin.

En se suicidant tante Marjorie avait fait cadeau à l'Oncle d'un simulacre d'accident.

Il ne serait pas emmerdé par les flics.

Elle n'a jamais su être méchante.

Sainte Marjorie.

— Ces chauffe-eau, a dit le gérant des Coop, à combien de gens ça a failli arriver dans le lotissement... Il y a tout juste un mois, à côté, j'en avais parlé avec votre tante, la même chose, enfin presque, une femme qui prenait sa douche... On aurait dû changer tout ça... D'ailleurs aujourd'hui c'est interdit, des installations pareilles... Mais que voulez-vous, les propriétaires qui louent s'en fichent, tout ce qui compte pour eux c'est que le loyer soit payé à terme...

J'observe…

Louisa me l'a dit, l'Oncle tourne autour de Virginie. Pendant la semaine qui a suivi le décès de tante Marjorie, en vertu du chagrin qui incline à l'indulgence, elle l'a accepté à sa table.

Il ne traînait plus dans les bistrots.

Cependant, dès le huitième jour, elle a su apaiser ses ardeurs gastronomiques et jeter un seau d'eau froide sur son assiduité. Et ce sans que nous ayons besoin de l'aider. Elle avait pris une décision, elle l'a mise en application, le plus simplement du monde.

Ce samedi-là, elle a déjeuné de très bonne heure (onze heures !) et quand l'Oncle est arrivé, la bouche en cœur, la table était nette, la vaisselle rangée et elle n'avait fait qu'une seule tasse de café (une telle roublardise m'a ravi), au cas où il se contenterait de café pain-beurre, dans un filtre individuel qu'elle était allée dénicher au fond d'un buffet (ces filtres en métal chromé, à la mode un temps, on ne s'en sert plus depuis belle lurette).

— Tu as déjà mangé, ma grande ? a dit l'Oncle, incrédule. Il ne reste rien pour ton beau-frère ? Même pas une tasse de café et une tartine ? (Virginie avait vu juste.)

— Rien ! a sanctionné Virginie.

— Ah ?... Y a rien de cassé, j'espère ?... Non ? Hé ben écoute donc, je te laisse, Léa aura bien de quoi me faire un casse-croûte... T'es sûre que t'as pas un œuf ou deux qui traînent par là pour me fabriquer une petite omelette ?...

— Rien !... Je suis en retard, je vais en ville.

— Ah !...

En fin d'après-midi, Virginie bouclait sa porte et venait dîner chez nous.

Il a téléphoné.

— Will ? Ninie est chez toi ? Oui ? Ah bon !... Écoute donc, je m'inquiétais, je me demandais où elle était passée...

Possessif, déjà.

— Je peux m'inviter ?

— Désolé, ai-je répondu, on est en famille.

— Hé ben p'tit gars, je fais pas partie de la famille ?

— *Ma* famille... (c'était faux, bien entendu).

— Ah !... Hé ben, écoute donc, je vais pas vous déranger... Peut-être à demain, hein ?... Tchao !...

Le lendemain, dimanche, nous avons emmené Virginie au restaurant, le soir nous avons dîné dans une crêperie et nous sommes rentrés très tard.

L'Oncle s'est cassé le nez sur deux portes closes. Très bien closes.

Je me marre…

Lundi, jour de lessive.

L'enflure, l'impudique, le malhonnête, il a apporté le symbole détestable à Virginie.

— Allons-y, m'a dit Louisa, ça va être vite réglé…

Elle lui a jeté son sac de linge sur les bottes.

— Faudrait pas prendre ma mère pour ta bonniche !… Tu avais la meilleure bonniche de la terre, il fallait la payer autrement que par des coups de poing dans la figure…

Interloqué, l'Oncle. Fébrile, il a allumé une Gauloise.

— Mais…

— Tu n'es plus rien pour nous !

— Louisa, je te reconnais plus…

Elle a déchiré une page de l'annuaire.

— Regarde, tu devrais savoir ça, on trouve tout dans les pages jaunes de l'annuaire… Blan-chis-se-ries !… Blanchisseries industrielles et collectivités, blanchisseries pour particuliers…

— T'es dure, Louisa…

— Tu me l'as déjà dit !…

Je jubile...

Notre brave tonton est impayable. Vêtu de frais d'une chemise blanche fleurant bon le désinfectant (industriel ?), il a demandé la main de Virginie.

— Écoute donc Ninie, maintenant qu'on est seuls comme deux vieux, on pourrait se mettre ensemble, ça réduirait les frais... Et puis une femme a besoin d'un homme, quoi, enfin Ninie !...

— Je suis seule depuis bientôt trente ans et je me suffis amplement à moi-même.

— Ah Ninie, en tout bien tout honneur, hein !... Pas question de s'envoyer en l'air tous les jours, ho ! ho ! ho !... Ça n'empêcherait pas que de temps en temps, hein, Ninie... Et puis on est déjà un peu mari et femme, non ?

— Ne remets plus les pieds ici !

— Quoi ?...

Elle a répété en détachant bien les mots.

— Ne remets plus les pieds chez moi !...

— Mais qu'est-ce que je vous ai fait, merde ?... Ta fille, ton gendre, et toi maintenant ?... Vous ne me rendez quand même pas responsable de la mort de Marje, non ?...

Non-on... Non-non... Nooon... Mais non, tonton, quelle idée !...

En plus, il est bouché à l'émeri, tonton la couche.

Au gérant des Coop :

— Je comprends pas, depuis que ma femme

est morte, personne vient plus me voir... Bordel, j'ai pourtant pas la vérole !...

Le pauvre bougre, comme il est à plaindre !

Je regrette...

Il a fini par toucher le magot, le paquet, le pacsif. En le palpant, il a accusé son frère d'avoir détourné une part de gâteau, malgré des comptes établis au centime près par le notaire.

Le propriétaire de l'Oncle a été prévenu par le téléphone arabe. Il a informé son locataire de son désir de vendre et, ma foi, valait autant donner la priorité à celui qui occupait déjà les lieux. Les mauvaises langues murmuraient qu'effrayé par l'état de son bien il préférait réaliser son capital plutôt que de dénoncer le bail de l'Oncle et d'engager pour des millions de travaux de rénovation.

L'horrible a acheté la maison. Cash !

Cash !... Bagnole de frimeur, machine à laver le linge, lave-vaisselle, salon en cuir, costards, pinards... Quarante et un degrés cinq de fièvre acheteuse... A-t-il seulement mis à gauche quelques miettes du trésor ? Je n'en jurerais pas.

Par téléphone, il a tenté une ultime approche.

— Will, j'y pige que dalle et les banques, on sait ce que c'est, elles vont travailler avec mon blé et quand je voudrai passer à la caisse, tintin les intérêts, boilou mon pote!... Écoute donc, tu pourrais pas t'occuper de ça?...

Je lui ai répondu que je n'avais vraiment pas une minute à moi.

— Écoute donc, je te filerai un petit quelque chose, histoire de te dédommager de ton temps...

Bernique, tonton crésus.

— Ah merde, et ma connasse de fille, si seulement elle créchait dans le coin au lieu de se dorer le cul au soleil entre deux parties de grimpette...

Il débordait d'amour paternel, tonton mon cœur.

Ah il a porté beau des mois et des mois!... Coupé B.M.W., limaces en soie, scotches pur malt, bordeaux millésimés, copains et copines. Et même une employée de maison. Elle tiendrait le coup un trimestre, la bonne grosse mère de famille dont la peau durcie sous le harnais des corvées ménagères était insensible aux flèches de cupidon — les mains baladeuses du verrat solitaire.

Et puis il nous oublierait.

J'ai eu peur. Nous avons eu peur. Peur qu'il finisse sa vie en vieux rapin dans les bras d'un tendron, plus dégueulasse que jamais, baignant dans l'opulence désinvolte, le luxe insane et l'arrogance obscène.

Trois années se sont écoulées et j'ai rencontré l'Oncle trois fois.

La première fois, c'est dans une de ces rues piétonnes où le printemps génère spontanément les violonistes irlandais, les groupes sud-américains, les bateleurs, les cracheurs de feu et les clodos qui font la manche. Je sors d'une librairie et à petits pas d'impotent, les jambes raidies par l'artérite, il descend la rue pavée. Tout d'abord, je ne le reconnais pas. Je vois un clochard venir à ma rencontre, l'œil larmoyant et la main tendue. T'as pas cent balles, ou une cigarette, rien qu'un clope fils ?… Oui, je m'attends à cela. Mais non, il passe son chemin. Il est efflanqué comme un vieux cabot. Il flotte dans un costume bleu marine auquel il manque des boutons. Le col de sa chemise blanche est déchiré et jaune de crasse. Jaunes ses paupières irritées. Jaune sa peau. Jaunes les taches sur sa veste. Jaunes les outres sous ses yeux — *les valoches de l'amour, mon petit bagage de nuit…* Il ne m'a pas reconnu et je suis soulagé. Est-ce une sorte de pitié qui me dicte de l'appeler ? En souvenir du bon vieux temps ? À cause du fantôme de Marjorie soudain apparu à son bras ? Il s'arrête et se retourne.

— C'est toi, Will ?...

L'entrejambe de son pantalon lui tombe à mi-cuisses et il porte des chaussons à semelle de feutre. Il cligne de l'œil. Il allume une Gauloise et la flamme du briquet parcourt toute la longueur de la cigarette avant de trouver l'extrémité.

— Tu me paies un verre, Will ?...

Je lui dis non je suis très pressé.

La lèvre pendante, il hoche la tête.

— Tu m'en veux, hein, Will ?...

Je ne réponds pas.

— Bon hé ben écoute donc, je m'en vais chercher quelque chose à becter...

Il entre dans les halles. Un boucher, ancien copain de nouba, lui emballe quelques bas morceaux dans du papier journal. Et pour mieux tromper la patronne qui n'est pas une dame de charité, il lance à la volée : « Et voilà pour le toutou ! »...

Oui, en moins de deux années l'Oncle a croqué son capital. La maison a été un repaire de soiffards en tout genre. Le vin, le pastis et le cognac ont coulé à flots. Et elle est encore bien loin la retraite des cadres...

À vive allure l'Oncle a dégringolé les barreaux de ses échelles de valeurs.

Santé : il n'a plus de foie, ni poumons, ni artères.

Propreté : il ne lave plus son linge, ni son corps.

Orgueil : un retrait de permis pour cause d'ivresse au volant l'a contraint de vendre sa B.M.W. Il a bu l'argent de la voiture. Auparavant, il a acheté une voiturette sans permis dans laquelle Virginie l'a croisé de temps en temps, voûté et grotesque au volant de l'engin pétaradant à quarante à l'heure. Et puis, pour boire et manger, il a dû se séparer de l'objet. Il est tombé encore plus bas. Il s'est promené à Vélosolex, lui le prince des coupés injection.

Et puis un jour la maladie l'a cloué dans sa tanière.

— Il devait payer, il paie, a dit Virginie.

À l'ombre des hibiscus en fleur de sa villa méditerranéenne, Flo décroche son téléphone.

— Will ?... Est-ce que tu as vu mon père ces temps-ci ?...

— On ne le voit plus.

— Je sais... Vous devez trouver ça dégoûtant, que je ne m'en occupe pas, non ?

— Tu fais ce que tu veux, Flo...

— Il m'appelle presque tous les jours, en P.C.V. Édouard en a marre, tu comprends... Papa me répète qu'il va crever... Tu crois que c'est vrai ?… Oh Will tu me rendrais service si… Toi ou bien Louisa… Fais ça pour moi, Will, ou pour ma mère, pas pour lui… D'ailleurs… ma vie est ici… Édouard et moi on va se marier… Il est temps qu'on se dépêche si on veut que Charlotte ait une petite cousine ou un petit cousin… Je peux compter sur toi Will ?…

Troisième et dernière fois...

Aux murs la peinture s'écaillera et la maison sera lépreuse au milieu des pavillons pimpants, de leurs pelouses et de leurs potagers, de leurs clôtures blanches et de leurs portillons verts, de leurs vélos d'enfant et de leurs jouets en plastique abandonnés sur les tas de sable ou sous les portiques orange des balancelles. Des feuilles visqueuses pourriront sous les hortensias et les ronces auront envahi la volière. La mousse recouvrira les marches qui mènent à la porte d'entrée. Le bois aura été mis à nu par la pluie et la porte ne fermera pas.

Je la pousserai.

L'odeur sera suffocante. Pisse et merde de chien, pisse et crottes du pékinois que l'Oncle aura acheté au début de la décadence, un clebs qui bouffera dans son assiette et dormira entre ses draps. En aboyant furieusement d'une voix pointue, la bestiole fusera de la chambre, me sautera dessus, puis tournera autour de mes jambes en glapissant. Du fond de son lit, l'Oncle grommellera le nom du chien qui fera le beau, me léchera la main et filera. Le papier peint du salon pendra en lambeaux. Le ficus de tante Marjorie se sera desséché dans son pot. Ce ne sera plus, au-dessus de la porte-fenêtre, qu'une ossature d'ombrelle entre les baleines de laquelle les araignées tendront leurs toiles. Sous le robinet qui gouttera, l'évier de la cuisine aura l'aspect gluant des fontaines des sous-bois où se nichent les têtards noirs entre les cils mobiles, et comme préhensiles, des lichens aquatiques. Au sol auront été poussées dans les coins des balayures racornies : épluchures de pommes, peaux de fromage, mégots sucés par une bouche malhabile qui salive.

Je n'entrerai pas dans la salle de bains.

Engoncé dans des pulls et dans la robe de chambre de tante Marjorie, l'Oncle sera adossé à deux oreillers, les mains posées à plat sur le drap gris, le pékinois pantelant couché près de lui.

Je voudrais écrire que je me suis réjoui, gargarisé de son bégaiement, régalé de sa vue, rassasié de son agonie.

Non, j'éprouverai l'indifférence satisfaite du juge qui domine l'accomplissement de la sentence et apprécie la dextérité du figaro mandé pour raser la nuque du condamné.

À son égard, la mort aura pris la forme d'une cirrhose cancéreuse sèche qui rabougrit les chairs.

Posé sur son ventre, au creux de ses bras jaunes, il y aura un objet incongru, rouge et blanc, orné de décalcomanies représentant des petits oiseaux qui gazouillent dans la ramure, une mandoline, une flûte et une partition. L'objet possédera un plateau, un pick-up, un bouton *off/on* et un *turn* avec une flèche qui indique le sens de remontage du ressort. Ce sera un tourne-disques *Fisher Price.* Un jouet.

— Qui c'est ?...

Je pourrai avoir répondu c'est le plombier, en précisant je viens changer le chauffe-eau.

— Will...

— Ah Will !... soufflera-t-il.

Ses bras s'écarteront et ses doigts maladroits trouveront dans le dos du jouet cinq disques, cinq ronds en matière plastique de couleurs différentes et gravés, si l'on peut dire, sur les deux faces.

Le jouet est une version simplifiée du piano mécanique : sous la tête de lecture, des aiguilles métalliques disposées en lignes égrènent des notes claires et brèves en sautant les butées du sillon.

Il remontera le ressort, centrera un disque sur le plateau, ajustera le bras et poussera le bouton en position *on.*

Children's marching song...

Tante Marjorie la chantait en français (marche au pas, marche au pas...) et en anglais (*give a dog a bone...*).

— Écoute donc...

L'instant sera magique. Les mains crispées sur la boîte à musique, la bête peu à peu cédera la place à l'homme.

Crampton races (c'est dans la pipe qu'on met le tabac...).

Hickory dickory dock... Edelweiss... Jack and Jill... Humpty dumpty... London bridge...

— Tu entends Will ?...

Oh where has my little dog gone ?

Il semblera mâchonner comme un mulet. Sa langue poussera la salive.

L'oreille agacée par les notes cristallines, le pékinois secouera la tête.

L'Oncle appellera. L'Oncle priera. L'Oncle suppliera. L'Oncle invoquera.

— Mar... jo... rie...

Et sur le *rie* de Marjorie, il avancera une lippe humide en fermant les yeux.

— Will ?...

Je ne serai plus là. Le chien sur les talons, je m'en irai et j'entendrai le music-box record-player jouer *Twinkle, twinkle little star* dont les paroles françaises sont Ah vous dirai-je maman ce qui cause mon tourment...

J'ai appelé un médecin et l'Oncle a été hospitalisé. Il est tombé dans le coma et la mort a fait son œuvre en moins d'une semaine.

Prévenu Flo :

— Will, est-ce que tu peux t'occuper de tout?... Je sais bien, c'était mon père, mais les affaires d'Édouard, en ce moment, ça tombe si mal... Et puis ça ne le fera pas ressusciter, qu'on vienne...

Parlé à Odette :

— Ah comme c'est dommage!... Paul qui est à l'étranger, en Égypte, un gros contrat... Vous êtes gentil de vous occuper de ça, Will, mettez-le dans le caveau de famille et faites-nous adresser les factures...

Donné le pékinois à un voisin.

Nous sommes dans l'arbre creux, j'embrasse Louisa et sur l'opercule du ciel il y a toujours ce papillon en forme de nuage.

Tante Marjorie a rejoint les siens au cimetière de Locmaria-Berrien. Elle n'aura pas de pierre tombale. Nous laisserons pousser les herbes folles et au printemps les bouvreuils et les mésanges viendront sur son front picorer les graines qu'elle a rapportées du Grand Colombier.

Nous reprenons la voiture.

Dans une autre ville nous attendent les fossoyeurs qui, ce matin, nous ont rendu tante Marjorie. L'Oncle va la remplacer près de la Vieille.

Nous sommes trois : Virginie, Louisa et moi.

Les cordes remontent de la fosse. Le type des pompes funèbres a prévu quelques roses. Il ne pouvait pas savoir. Louisa se dévoue. Elle les jette sur le cercueil et elles sont emportées par le courant ordinaire des temps massacrés.

Virginie, la douce Virginie prend une poignée de terre et la laisse filer entre ses doigts.

Sa main se referme et dans sa ligne de vie s'incruste une nouvelle indifférence.

DU MÊME AUTEUR

Aux éditions Denoël

LE CRIME DU SYNDICAT

HISTOIRE D'OMBRES

LES CHIENS DU SUD

HÔPITAL SOUTERRAIN, Grand prix de littérature policière 1990 (Folio n° 2424)

CONNEMARA QUEEN (Folio n° 2483)

FLORA DES EMBRUNS

OURAGAN SUR LES GRÈBES

LE FOSSÉ

TOUTES LES COULEURS DU NOIR (volume regroupant LE CRIME DU SYNDICAT, HISTOIRE D'OMBRES, LES CHIENS DU SUD, FLORA DES EMBRUNS et LA MARIÉE ROUGE)

L'ALLUMEUSE D'ÉTOILES, prix Populiste 1996 (Folio n° 3029)

LA TENTATION DU BANQUIER

Aux Éditions Gallimard

LA CHASSE AU MERLE (épuisé)

PLEURE PAS SUR TON BINIOU (épuisé)

Aux Éditions Gallimard Jeunesse

LE CAHIER NOIR, prix Korrigan des Écrivains de l'Ouest 1992

L'OR BLANC DU LOCH NESS

STANG FALL, *in* PAGES NOIRES (collectif)

Aux Éditions Stock

LES DOUZE CHAMBRES DE M. HANNIBAL

LES ENDETTEURS

Aux Éditions Payot

LE FILS DU FACTEUR AMÉRICAIN (épuisé)

Aux Éditions Mazarine

L'ADIEU AUX ÎLES (épuisé) prix des Bretons de Paris 1987

Aux Éditions Ouest-France

JOURNAL D'IRLANDE 1977-1989

CHRONIQUES IRLANDAISES 1990-1995

AIMER L'IRLANDE (texte accompagné de photographies de Bruno Ravalard)

LE BOIS BLEU (texte accompagnant « La Bretagne au fil de ses couleurs », aquarelles de Bernard Louviot)

Aux Éditions Apogée

PETITE PROSE TRANS(E)IRLANDAISE (texte accompagnant « Variations sur un temps incertain », photographies de Georges Dussaud)

Aux Éditions Seuil Jeunesse

L'OISIF SURMENÉ

Aux Éditions Syros

LE MONSTRE DU LAC NOIR

LA CROIX DU SUD

Chez d'autres éditeurs

LA MARIÉE ROUGE (épuisé)

QUAI DE LA FOSSE (épuisé), prix du Suspense 1982

MARÉE BASSE (épuisé)

TOILETTE DES MORTS (épuisé)

COUP DE CHALEUR (épuisé)

JOURNAL D'IRLANDE 1977-1983, prix des Écrivains bretons, fondation Paul Ricard, 1984 (épuisé)

Traduction

L'ASSASSIN, de Liam O'Flaherty (Joëlle Losfeld et Rivages/Noir n° 247)

Composition Interligne.
Impression Société Nouvelle Firmin-Didot
à Mesnil-sur-l'Estrée, le 23 décembre 1998.
Dépôt légal : décembre 1998.
Numéro d'imprimeur : 45345.

ISBN 2-07-040702-0/Imprimé en France.

88523